Du sollst nicht langweilen

Achim Kaul

Was sucht ein Typ am Pol der Unerreichbarkeit? Gibt es Giraffen in New York? Was geschah in Lesleys Haus? Wen hat Rabenstein auf dem Gewissen? Was dürfen die Bewohner von Gold Point niemals tun? Verschläft Leander ein Jahrhundertbeben? Warum blieb Leas Flaschenpost ungelesen? Wer hörte den tödlichen Ruf der Tiefe? Wohin verschwand Elisa?
Neun Storys, die einen noch lange verfolgen werden.

Achim Kaul ist ein erfolgreicher Autor aus Friedberg. Seit 2019 veröffentlichte er vier Kriminalromane mit dem beliebten Ermittlerduo Zweifel und Zick.
2022 erhielt Kaul in München den SpaceNet Award für eine seiner Kurzgeschichten.
Im selben Jahr erschien »Überwegs«, der Roman einer ungewöhnlichen Odyssee quer durch Europa.
»Du sollst nicht langweilen« ist die aktuelle Sammlung seiner fesselnden Storys.

Du sollst nicht langweilen

Storys

Achim Kaul

Bibliografische Information der Deutschen
Nationalbibliothek:
Die Deutsche Nationalbibliothek verzeichnet diese
Publikation
in der Deutschen Nationalbibliografie;
detaillierte bibliografische Daten
sind im Internet
über dnb.dnb.de abrufbar.

Verlag: BoD • Books on Demand GmbH,
In de Tarpen 42, 22848 Norderstedt
Druck: Libri Plureos GmbH, Friedensallee 273,
22763 Hamburg
ISBN: 978-3-7597-3588-1

Diese Geschichten kauerten im Morgengrauen vor mir auf einem nebligen Hügel, fuhren in einer Vollmondnacht auf meinem Floß den Fluss hinab, standen neben mir an einer Graffitiwand, verbargen sich hinter einem Schwarzweißfoto, starrten mich aus einem Spiegel an, verfolgten mich im Unterholz, trieben mich mitten in der Nacht aus dem Bett, gingen im Gewitterregen unter meinem Arm spazieren und standen mit mir an einem verlassenen Bahnsteig. Die Figuren erschienen, einer Fata Morgana gleich, in der unerforschten Savanne meiner Fantasie und es war schwierig genug, sich ihnen unbemerkt zu nähern. Doch schließlich folgten sie alle meiner Feder.

Siebenundzwanzig Wörter

Am ersten Tag konnte ich sie nicht ausstehen. Zu jener Zeit konnte ich niemanden ausstehen. Allein schon ihre unverschämte Art, in unsere Klasse zu stolzieren: lange kupferrote Haare, dünne Arme und Beine, aber kein bisschen verlegen oder unsicher. Mit ihren großen grünen Augen musterte sie seelenruhig einen nach dem anderen. Einige der Jungs kicherten, die Mädchen rümpften ihre Nasen. Vielleicht war es auch umgekehrt. Ich war vierzehn Jahre alt und wollte mit keinem von denen etwas zu tun haben.

Sie ging zur hintersten Reihe und ließ ihre schäbige Schultasche lässig auf einen leeren Tisch fallen. Raubach, unser Klassenlehrer, stellte sie vor. Ich behielt nur den Vornamen: Lea. Sie war mir egal. Zumindest versuchte ich, mir das einzureden.

Nach der Stunde packte ich meine Sachen und verließ die Klasse. Das Geschwätz der anderen interessierte mich nicht. Sie ödeten mich an und diese Lea hatte gerade noch gefehlt.

Mein Heimweg mit dem Rad führte durch ein Stück Wald und an unserem See entlang. Hier konnte ich sicher sein, keinem Menschen zu begegnen. Nahe bei einem Steg, der weit in den See hinausführte, ließ ich mein Rad liegen. Die Holzbohlen waren morsch, einige fehlten, das Betreten war, logisch, streng verboten. Ich ging bis zum äußersten Ende, logisch.

Dort setzte ich mich auf das vom nächtlichen Gewitter noch feuchte Holz. Der See lag glatt in der warmen Nachmittagssonne, umrundet von einer grünen Stille.

Meine Füße baumelten über dem trüben Wasser. Hier konnte ich den Teufel in mir beruhigen. Nach einer Weile legte ich mich flach auf den Rücken. Was zuhause auf mich wartete war mir klar. Das hier war entschieden besser. Ich blinzelte in den Himmel und schnalzte zufrieden mit der Zunge. Ein leises Schnalzen, fast wie ein Echo, ließ mich auffahren.

Am Ufer stand Lea, mit beiden Händen an ihrem Lenker. Ich hatte sie nicht kommen hören. Sie warf einen Blick über den See und ließ ihr Rad ins Gras fallen. Dann betrat sie den Steg und kam auf mich zu. Ich war sprachlos vor Überraschung und Ärger. Und verwirrt war ich außerdem.

Sie warf ihre roten Haare mit einem Schwung über die Schulter und kniff ihre Augen zusammen.

»Du kennst meinen Namen, aber ich weiß deinen nicht«, sagte sie leise. Ich zog die Knie hoch und verschränkte die Arme darauf.

»Musst du den wissen?« Sie schüttelte den Kopf.

»Nee, ich nenn' dich einfach Junge.« Ich verdrehte die Augen.

»Hör zu, Mädchen, ich …«

»Ich bin Lea.« Stur schüttelte ich den Kopf.

»Pass auf, Mädchen …« Sie hob beide Hände.

»Ich weiß, was du sagen willst. Das hier ist dein Ort. Niemand soll dich stören. Du willst deine Ruhe haben, möglichst weit weg von den anderen. Und nach Hause willst du auch nicht.« Ich starrte sie an. Ihre grünen Augen leuchteten. Sie zuckte mit den Schultern. »Ich geh schon.«

Sie drehte sich um. Ihre rote Mähne funkelte in der Sonne, als sie über den Steg zurück zum Ufer ging. Sie nahm ihr Rad und fuhr davon. Bald war sie zwischen den Bäumen verschwunden.

Meine Gedanken kreisten um ihre Worte. Es war, als hätte sie aus meinem Tagebuch laut vorgelesen. Am nächsten Tag in der Schule ging ich ihr aus dem Weg. Tat sie das Gleiche? Jedenfalls wechselten wir weder Worte noch Blicke.

Nach der Schule fuhr ich zu meinem Steg am See, legte mein Rad ins Gras und setzte mich auf die sommerwarmen Holzbohlen. Während ich das gegenüberliegende Ufer beobachtete, wartete ich darauf, dass sie kam. Und fürchtete es gleichzeitig.

Einerseits fühlte ich, dass sie jemand war, mit dem es sich zu reden lohnte. Aber ich hasste andererseits Veränderung. Mit mir selbst kam ich am besten klar. Da brauchte ich keine Abwehrstrategien, musste nicht argumentieren und auf der Hut sein. Vor allem konnte ich meinen eigenen Gedanken nachhängen und musste keine fremden ertragen. Ich war ein eigenbrötlerischer Freak, zu jung, um mich zu rasieren, aber alt genug, um zu wissen, was für mich gut war.

Sie näherte sich geräuschlos. Erst als die Holzbohlen leicht vibrierten, spürte ich ihre Anwesenheit. Sie setzte sich wortlos neben mich.

Wir blickten über den See und auf unsere nackten Füße, die eine Handbreit über der Wasseroberfläche schwebten. Wir saßen schweigend nebeneinander, die Minuten flossen an uns vorbei und ich hatte das Gefühl, mich noch nie so gut mit jemandem verstanden zu haben.

Als es dämmerte, stand sie auf. Sie berührte mit ihrer Hand leicht meine Schulter — ein wagemutiger Schmetterling. Dann zog sie ihre Schuhe an und ging den Steg zurück. Ich sah ihr nach. Sie drehte sich zu mir um und fuhr mit beiden Händen durch ihr Haar.

»Morgen können wir reden«, sagte sie und hob ihr Rad aus dem Gras.

»Vielleicht«, sagte ich leise, als sie verschwunden war.

In den folgenden Wochen hatten wir die Nachmittage und den See für uns allein. Und wir redeten. Und wir lachten. Und wir fanden so viele Gemeinsamkeiten, dass es uns fast unheimlich war. Am Wochenende eroberten fremde Leute den See und wir versteckten uns im Wald. Wir wussten bald so viel voneinander, dass es uns am besten gefiel, miteinander zu schweigen. Das war eine von Leas großen Gaben: genau zu wissen, wann die Stille für uns am schönsten war.

Dieser Sommer machte uns unzertrennlich. Wir waren wie die beiden Hälften einer Ellipse.

Eines Nachmittags streunten wir durch das Unterholz und Lea fand zwischen den Wurzeln einer Buche eine leere Flasche ohne Etikett. Sie zog den Korken mit einiger Mühe heraus, roch daran und gab ihn mir. Er hatte nur noch ein schwaches Aroma.

»Was meinst du?«, fragte sie. Ich zuckte mit den Schultern.

»Keine Ahnung, die muss schon lange hier liegen.« Sie besah die Flasche von allen Seiten. Ein Lächeln huschte über ihr Gesicht.

»Ich weiß, was wir machen«, sagte sie und rannte damit los.

Außer Atem erreichten wir den See und ließen uns ins Gras fallen.

Sie kramte einen Notizblock aus ihrem Rucksack. Einen Bleistift hatte sie immer hinter ihrem Ohr stecken. Die anderen zogen sie schon deswegen auf, doch Lea kümmerte das nicht. Sie lächelte über die Boshaftigkeiten hinweg und funkelte nur mit den Augen. »Wir schreiben«, sagte sie.

»Was?«, fragte ich.

»Einen Brief. An uns. Wie wir sein werden.« Ich sah sie verständnislos an, doch sie hatte den Stift schon in der Hand und den Block auf den Knien. »Während ich schreibe, kannst du dir was überlegen«, sagte sie und der Stift glitt flink über das linierte Papier.

»Wie wir sein werden?«, fragte ich verwirrt und warf einen Kieselstein ins Wasser. Sie nickte, ohne mit dem Schreiben aufzuhören. »Du schreibst mir also gerade einen Brief?« Sie sah mich mit ihren tiefgrünen Augen an. Diesen Blick werde ich nie vergessen.

»Ich stell mir vor, wie du sein wirst in zehn oder zwanzig oder dreißig Jahren, was du bis dahin erlebt hast, welche Träume du dir erfüllt hast und welche nicht.«

»Und was dann?«

»Ganz einfach, du tust dasselbe für mich.« Ich blies die Backen auf und schaute ratlos in die Gegend. Doch während ich ihrem emsigen Bleistift bei seinem Weg über das Papier zuhörte, erschienen wie aus dem Nichts meine Sätze zwischen den Kiefern, tauchten aus dem schilfgrünen See auf, schlängelten sich durch das Gras.

»Beeil dich«, sagte ich aus Angst, meine Geistesblitze könnten spurlos verlöschen.

»Jetzt du«, sagte sie und riss das Blatt ab. Ich nahm ihr den Bleistift aus der Hand und brauchte kaum länger als sie, während der Schatten ihres Kopfes auf meine Schreibhand fiel. Es war, als würde jemand, der hinter meinem linken Ohr saß, mir die Worte diktieren. Nach wenigen Minuten gab ich Lea den Bleistift zurück und sie riss auch mein Blatt aus dem

Block heraus. Sie legte unsere Briefe so zusammen, dass die Schriften aufeinander lagen.

»Roll sie eng zusammen«, sagte sie und löste den Schnürsenkel aus ihrem rechten Schuh.

»Willst du nicht lesen was ich geschrieben habe?«, fragte ich.

»Das tun wir in zehn Jahren, nicht eher«, sagte sie und knotete den Schnürsenkel um die beiden Blätter, die ich zu einer dünnen Röhre gerollt hatte. Dann schob sie sie vorsichtig in die Flasche. Ich half ihr mit dem Korken. Dabei kam ich ihr sehr nahe und der Duft ihrer roten Haare betäubte mich.

»Zehn Jahre? Glaubst du wirklich, dass wir so lange zusammenbleiben?«, fragte ich und musste schlucken.

»Ich glaub es nicht, ich weiß es«, sagte sie und strahlte mich an. Die Erinnerung an ihr leuchtendes Gesicht begleitet mich bis heute.

»Aber wenn wir die Flasche in den See werfen, werden wir sie nie wieder finden«, sagte ich.

»Wir verstecken sie dort, wo wir sie gefunden haben«, erwiderte sie und rannte damit los.

»Eine Flaschenpost im Wald«, keuchte ich neben ihr. »Find ich ziemlich schräg.«

»Passt doch zu uns«, rief sie und lief noch schneller. Wir fanden den Baum, gruben ein Loch für die Flasche und deckten sie mit Zweigen zu.

»Haben wir jetzt unsere Träume begraben?«, fragte ich übertrieben dramatisch.

»Blödmann«, sagte sie und grinste. Meine Neugierde war zu groß.

»Was hast du geschrieben?«, wollte ich wissen. Sie sah mich lange an, dann zwickte sie mich in den Arm und sagte:

»Siebenundzwanzig Wörter.«

Ich erwiderte ihren Blick. Er sagte mir alles. Wie von selbst breiteten meine Arme sich aus.

Sie legte den Kopf schief und lächelte, dann fiel sie mir um den Hals. Es war die erste Umarmung meines Lebens.

Einen Tag später überfuhr ein LKW Lea. Sie war auf der Stelle tot.

Ich weinte nicht, ich schrie nicht, ich rannte los, rannte wie durch einen Tunnel, rannte mir die Seele aus dem Leib, erreichte den Wald, suchte mit wirren, verschleierten Augen die Buche, lehnte mich erschöpft an einen feuchten Stamm, rutschte zu Boden, spürte die Regenschauer nicht, saß da, an den Baum gelehnt und hatte endlich die Kraft, Leas Namen zu schreien. Ich rutschte zur Seite, sank auf meinen Rücken, der Regen prasselte auf mein Gesicht. Ich schrie »Lea!«, rief nach Lea, murmelte ihren Namen, konnte ihn, heiser geworden, nur noch flüstern.

Irgendwann kroch ich auf Händen und Knien. Nach ein paar Metern fand ich unsere vergrabene Zukunft.

Das geschah vor mehr als zweiundfünfzig Jahren.

Jeden Tag denke ich daran.

Jeden Tag nehme ich die Flasche in die Hand.

Jeden Tag betrachte ich unsere beiden innig zusammengerollten Briefe.

Ich habe die Flasche nie geöffnet.

Rabenstein

Mein Vater war neunundachtzig Jahre alt, als er mich eines Morgens mit den Worten begrüßte:

»Ich habe mich erschossen. Du musst bei mir bleiben.« Er klang so ruhig, als spräche er über das Menü dieses letzten Sonntags im September.

Eine Viertelstunde zuvor hatte mich die Leiterin seines Seniorenstifts in heller Aufregung angerufen. Während ich versuchte, ihrem wirren Wortschwall zu folgen, schweifte mein Blick weit hinaus über die im weichen Morgenlicht liegende Flussebene jenseits der Stadt und blieb alarmiert an dem ockergelben Türmchen der Barockkapelle hängen, die in der Ferne auf einem Hügel, wie von Spitzweg gemalt, einfach da war.

Ich legte mitten im nächsten Satz der aufgelösten Frau auf, griff nach meinem Tweed-Jackett, suchte die Autoschlüssel. Sie lagen auf der fünften Stufe der Wendeltreppe; der Geruch nach Bohnerwachs im Flur; mein starres Gesicht im Spiegel; die schwere Holztür, die hinter mir zufiel — nie werde ich diese Nichtigkeiten vergessen. Ich raste mit dem Wagen quer durch die Stadt, als gäbe es keine anderen Autos, und Motorräder und Straßenbahnen.

Die Leiterin stand hektisch winkend an der Pforte. Ich rannte an ihr vorbei die Treppen hoch in den zweiten Stock und riss die Tür zum Apartment meines Vaters auf. Ein junger Arzt stand neben seinem Bett, drehte sich erschrocken zu mir um und kam eilig auf mich zu.

»Sie können jetzt nicht …« Ich schob ihn wortlos beiseite und war mit wenigen Schritten bei meinem sterbenden Vater. Er winkte schwach mit einer Hand.

»Sie können gehen, die Sache ist erledigt«, stieß er hervor und nickte dem Arzt zu. Der hob hilflos die Schultern und verließ erleichtert, wie es schien, den Raum. Die alte Armeepistole nahm er mit.

Mein Vater richtete sich ächzend auf, sah mich an und sein Blick war so klar wie nie. »Ich habe mich erschossen. Du musst bei mir bleiben.«

Seine Pyjamajacke war offen. Erst jetzt entdeckte ich den weißen Verband in seiner Herzgegend.

Vor fünf Jahren hatte er hier sein letztes Zuhause gefunden. Das heißt, ich hatte es für ihn gefunden. Weil ich es nicht mehr aushielt. Weil ich ihn nicht mehr aushielt. Seine Depression war im Laufe von drei Jahren nach meiner Rückkehr unaufhörlich und unerbittlich wie Efeu an uns emporgekrochen. Sie griff auf mich über. Sein Atmen vergiftete meine Luft, sein Seufzen umklammerte meine Brust, seine Blicke verdunkelten meine Welt. Seine Schritte drängten mich an den Rand einer tiefen Schlucht.

Er war der letzte Vater unserer Familie und ich der

letzte Sohn. Niemand sonst war übrig von der Familie Rabenstein.

Ich musste etwas tun, um zu überleben und so fand ich »das beste Refugium für das besondere Alter«, wie mir die Leiterin des Hauses bei unserem ersten Gespräch versicherte. Ich brachte ihn dorthin. Scheinbar war es ihm gleichgültig.

Als er aus dem Haus war, stand ich am Fenster meines Studierzimmers, blickte über die Stadt hinaus in die Ferne und atmete auf.

Seit jenem Tag entfernte sich mein Vater immer weiter von mir, Lichtjahr um Lichtjahr, einem uralten Kometen gleich, dessen unabsehbare Umlaufbahn sich in weiten Sternennebeln verlor.

Ich besuchte ihn jeden Tag, einer Abmachung folgend, die ich mit mir selbst getroffen hatte. Nicht wegen eines schlechten Gewissens, das gewiss nicht. Mir ging es um eine Wiedergutmachung. Wenngleich ich diese Vokabel nicht ausstehen kann. Sie klingt so, als hätte ich etwas schlecht gemacht. Was nicht zutrifft.

Schön, ich gebe es zu, wir hatten, als ich noch jung war, verschiedene Meinungen und jeder hielt seine für unumstößlich. Es gab in jener Zeit heftige Auseinandersetzungen, doch wenn Atmung und Puls sich beruhigt hatten tranken wir unseren Kaffee aus und gingen uns für eine Weile aus dem Weg.

Eines Tages, es war bevor ich für lange Zeit aus seinem Leben verschwand, redete mein Vater über die finsterste Zeit seines Lebens.

Er stand am Fenster und sah in den Garten hinaus. Ich saß in seinem roten Sessel und las die Tageszeitung.

»Was damals geschah, als die braunen Teufel ausschwärmten, das kann jederzeit wieder geschehen.« Sein Satz kam aus heiterem Himmel.

»Du übertreibst«, widersprach ich. »Die Leute sind heutzutage viel besser informiert und sie kennen die Geschichte. Wir haben immerhin seit Jahrzehnten Frieden in Europa.«

»Du vergisst den Balkan und du plapperst nach, was all die schlauen Köpfe von sich geben. Glaub mir, es braucht nur eine handfeste Krise, mit der man den Menschen Angst einflößen kann. Und es braucht einen Sündenbock. Eine ganze Herde von Sündenböcken. Die Vorurteile, der Hass und die Dummheit auf diesem Planeten reichen für das ganze Universum.« Ich faltete die Zeitung zusammen und ließ sie auf den Boden fallen.

»Dein Problem ist, dass du nur noch auf das Negative fixiert bist.«

»Ich weiß jedenfalls, wovon ich rede. Ich habe alles selbst erlebt. Diese Stimmung. Die Hetze. Dieses Volk von Denunzianten.« Er spuckte das Wort förmlich aus.

»Jetzt hör schon auf damit. Was willst du mir eigentlich sagen?« Er sah mich lange an, dann atmete er tief durch.

»Ich sehe, wie es wieder anfängt«, sagte er leise. »Wer anders denkt, wer Fragen stellt, wer Kritik übt, wer sich nicht manipulieren lässt, der geht ein großes Risiko ein.«

»Was redest du da? Du lebst doch nicht in einer Diktatur. Du kannst hier überall sagen, was du denkst, da wird dich keiner ins Gefängnis stecken.«

»Aber ich werde schräg angesehen, an den Pranger gestellt, gebrandmarkt bis hin zum Rufmord. Du hast sowas noch nicht erlebt.« Ich schüttelte genervt den Kopf.

Er schnaubte verächtlich. »Nein, natürlich nicht. Du denkst ja auch immer in der richtigen Richtung.«

»Nicht jeder eignet sich zum Revoluzzer«, erwiderte ich gereizt.

»Du verstehst mich nicht. Ist dir noch nicht aufgefallen, dass die Freiheit des Einzelnen nichts mehr gilt. Und dass jeder, der das anprangert, wie ein lästiges Insekt behandelt wird, wie Ungeziefer. Weißt du, woran mich das erinnert?«

»Du siehst Gespenster.«

»Und du willst nicht begreifen, dass …« Ich sprang aus dem Sessel auf.

»Lass es! Lass mich bloß damit zufrieden!«

Und damit war die Diskussion für mich beendet.

Diese ewigen Dispute trieben mich damals aus dem Haus. Ich legte ein Lineal auf meine Weltkarte und maß und rechnete und berauschte mich an Tausenden von Kilometern. Jede Ferne war mir lieb und recht. Ich flog und fuhr in jede Richtung. Mein Dasein bestand im Wegsein. Nur mein Schatten wusste, wo ich war. Mein Vater wusste es nie.

Nach zwölf Jahren kehrte ich zurück. Er umarmte mich ohne Groll. Und während ich ihn ein wenig später aus dem Augenwinkel beobachtete, wie er stolz und aufrecht neben mir am Fenster des Zimmers stand, das ich schon bald zu meinem Studierzimmer machten sollte, sein klares Profil mit der spitzen Nase, die wässrigen hellblauen Augen in die Ferne gerichtet, schwor ich mir, ihm fortan jeden Tag das Gefühl meiner Nähe zu geben.

Ich setzte mich auf sein Bett, spürte den kräftigen Schlag meines Herzens und zwang mich zur Ruhe.

»Was redest du da? Erschossen? Wie kommst du auf sowas? Offensichtlich bist du nicht tot,« sagte ich und griff nach seiner Hand. Er zog sie weg.

»Das ist nur noch eine Frage von Minuten, wenn man ihm glauben darf.« Er nickte zur Tür hin und meinte den jungen Arzt. »Mein Herz habe ich verfehlt, aber meinen Kern habe ich getroffen.«

»Aber warum nur? In deinem Alter?« Ein Lächeln huschte über sein Gesicht.

»Ich habe keine Gewalt mehr über meine Erinnerungen, Junge, sie haben mich in der Gewalt.« Er schloss die Augen und meine Gedanken flogen zurück, zu einem eisigen Wintertag ein Jahr zuvor.

Der uralte Komet war für eine Stippvisite von seiner einsamen Odyssee durch Zeiten und Räume zu mir zurückgekommen. Es war einer der seltenen Tage, an denen er mich erkannte.

Es war der Tag, an dem er mir seine Geschichte erzählte, hellwach, in raschen kurzen Sätzen, als wüsste er genau, dass die Zeit knapp war.

Er saß in seinem roten Ohrensessel, den er aus unserem Haus als einziges Möbelstück mitgenommen hatte. Auf seinen spitzen Knien balancierte er einen alten Karton. In seinen Händen hielt er kleine Schwarzweißfotos mit weißem gezacktem Rand, in deren Betrachtung er seit dem frühen Morgen vertieft war. Eingetaucht in eine ferne Vergangenheit, die für ihn so gegenwärtig war, wie die Tasse kalten Kaffees, die er neben seinen Füßen abgestellt hatte. Er blickte auf, nickte mir zu und sagte:

»Setz dich, Mo, und hör mir zu.« Ich heiße Mo, genau wie er und wie sein Vater. Mo Rabenstein, so heißen die Männer in unserer Familie seit mehr als hundert Jahren.

Ich war so überrascht von seiner klaren Anweisung, dass ich sprachlos gehorchte. Schon lange hatte ich mich damit abgefunden, dass er sich in seine eigene Welt zurückgezogen hatte. Ich war ihm täglich so nahe wie nie und er mir so fern. Wenn ich seinen Blick traf und auf einen Funken hoffte, so sah er mich doch nur an, wie ein Gesicht auf einem Filmplakat, das eine längst vergangene Premiere ankündigte. Er gab mir die Hand so herzlich, wie er sie einem Schaffner gegeben hätte. Er schwieg mich an, wie die Wand, an der sein Bett stand. Bis dieser frostige Wintertag ihn, aus welchen Gründen auch immer, dazu verleitet hatte, nach alten Fotos zu kramen. Er hielt eines davon an einer Ecke zwischen Daumen und Zeigefinger und streckte es mir entgegen. Ich rutschte auf meinem Stuhl nach vorn und wollte es nehmen, doch er schüttelte den Kopf.

»Nur anschauen.« Ich sah zwei Jungen, zehn oder elf Jahre alt, die wegen der grellen Sonne mit zusammengekniffenen Augen und schief gelegten Köpfen in die Kamera grinsten. Sie hatten die Arme um die Schultern gelegt und eine Hand lässig in die Hosentasche gesteckt. Sie trugen kurze Hosen und waren barfuß. »1941, Hochsommer«, sagte mein Vater und kniff seine Augen zu, als würde ihn die Sonne von damals ebenfalls blenden.

»Das bist du?«, fragte ich. Er nickte bedächtig. »Und wer ist …?«

»Ferdinand«, unterbrach er mich. »Das ist Ferdl, mein bester Freund. Der beste, den ich je hatte.«

Ich sah mir das Foto genauer an. Die Jungen wirkten wie Brüder.

»Und wo ist …?«

»Das spielt keine Rolle. Stell mir keine Fragen. Lass mich reden. Anders geht es nicht.«

»Gut, ich hör dir zu.« Er legte das Foto flach auf seine rechte Hand und sah es an.

»Wir waren Nachbarn. Gute Nachbarn. Die Väter verstanden sich prächtig. Ferdl und ich waren täglich zusammen. Ein kleines Dorf. Wir bekamen nicht viel mit. Es war keine gute Zeit. Natürlich nicht. Krieg, du weißt schon.«

Er strich mit einem Zeigefinger über seine linke Schläfe und schloss die Augen. »Es kam der Abend, an dem meine Mutter etwas Böses sagte. Sie stand am Herd, mit dem Rücken zu uns und sagte: ›Maria hat mir heute ihren zweiten Vornamen verraten.‹ ›Na und?‹, antwortete mein Vater. Sie drehte sich zu uns um und sah ihn triumphierend an. ›Sarah heißt sie. Sarah! Ich habe es schon immer geahnt.‹

Ich spürte sofort, dass es Ärger geben würde. Das sah ich meinem Vater an. Ich verstand nichts. Das war doch nur ein Name. Hatte Ferdls Mutter einen Fehler gemacht?

Mein Vater warf mir einen scharfen Blick zu. Dann deutete er mit dem Kinn zur Tür. Ich sprang auf und verließ die Küche. Lauschte an der Tür. Hörte, wie sie stritten. Das taten sie oft. Dieses Mal war es anders.

›Juden!‹, hörte ich meine Mutter fauchen, ›es sind Juden!‹ Mein Vater knurrte, ich verstand kein Wort, dann war es still.

Und dann hörte ich, wie er sie schlug. Meine Mutter gab keinen Ton von sich.

Seit diesem Abend konnte ich ihr nicht in die Augen sehen, ohne dass es mich überlief.

In der Schule hatten wir es schon gehört. Von den älteren Schülern. Dass mit den Juden etwas nicht stimmt. Ferdl und ich hielten das für Geschwätz. ›Was ist überhaupt ein Jude?‹, fragte ich ihn. ›Keine Ahnung‹, sagte er. Wir rannten in den Wald. Dort bauten wir eine Hütte. ›Morgen kommt das Dach dran‹, sagte ich zu ihm. ›Ob wir einen Schornstein brauchen?‹, fragte er.

Es war schon fast dunkel, als wir heimkamen. Ich weiß nicht, warum — ich gab ihm die Hand. Er lachte mich aus und lief nach Hause.«

Mein Vater nahm das Foto, das ihn und Ferdl zeigte, in die linke Hand und legte die rechte flach darauf, wie um es zu schützen.

»Ich sah ihn nie wieder«, sagte er und warf mir einen Blick zu. Für einen schrecklichen Moment hatte ich das Gefühl, er würde mich nicht mehr erkennen.

»Meine Mutter hat sie verraten«, sagte er. »Sie hat Ferdl und dessen Eltern verraten. Unsere guten Nachbarn. Meinen allerbesten Freund. Sie wurden abgeholt. Ich sah es aus meinem Fenster. Früh am nächsten Morgen schon. Mit zwei Autos. Ich höre immer noch die Schreie. Die Befehle. Das Schlagen von Autotüren.

Jetzt schlägt er sie tot, dachte ich. Jetzt schlägt mein Vater meine Mutter tot. Die beiden Wagen fuhren weg. Kieselsteine spritzten unter ihren Reifen hervor.

Ich schlich hinunter in unsere Küche. Meine Mutter stand am Fenster. Kehrte meinem Vater den Rücken zu. Er saß am Tisch, die Ellbogen aufgestützt. Das Gesicht in seinen großen Händen vergraben. Stille lag wie ein schwerer dunkler Sack auf seinen Schultern.

Ich ging zur Schule. Ich kam nach Hause. Keiner sprach ein Wort. Irgendwann an diesem Tag verschwand mein Vater. Er blieb drei Tage weg. Meine Mutter tat, als sei nichts geschehen. Nur meinem Blick wich sie aus.

Mein Vater kam zurück. Meine Mutter und ich saßen beim Abendbrot. Er kam herein. Wortlos. Seine Miene war aus Granit. Er legte ein Blatt Papier neben ihren Teller. Ich sah einen Stempel darauf, konnte aber nichts lesen. Meine Mutter sah flüchtig hin. Ich sah sie erbleichen. Sie nahm das Blatt in die Hand. Las es wieder und wieder. Sie starrte darauf, wie auf ihr Todesurteil. ›Wo hast du das her?‹, flüsterte sie. ›Einerlei‹, knurrte mein Vater.

Schon bald sollte ich die Bedeutung dieses Papiers erfahren. Mein Vater hatte nachgeforscht. Er kannte die richtigen Leute. Sie konnten schweigen. Er hatte beschlossen, nicht zu schweigen. Er wollte meine Mutter bestrafen. Büßen sollte sie für ihren Verrat. Für ihren Hochmut. ›Aber das ist unmöglich‹, flüsterte sie. ›Die Dokumente lügen nicht‹, erwiderte mein Vater. ›Du bist zu einem Viertel Jüdin. Du hast es nicht gewusst. Jetzt ist es raus. Ich habe die Scheidung schon veranlasst. Mo kommt mit mir.‹

Und wieder diese Stille. Es war so still nach diesen Worten. Wie nie zuvor in diesem Haus. Und nie wieder danach. Das Blatt in der Hand meiner Mutter zitterte.

Ich sah meinen Vater an. Mein Herz schlug bis zum Hals. Sein Blick durchbohrte mich. Ich wollte aufspringen, aus der Küche stürzen, laufen, rennen, fort nur fort. Ich konnte keinen Finger rühren.

Er legte eine Hand auf meine Schulter. ›Geh auf dein Zimmer‹, sagte er leise. Ich gehorchte. Zutiefst verwirrt ging ich aus der Küche, ohne meine Mutter anzusehen.

Sie wurde noch in derselben Stunde abgeholt. Ich konnte mich nicht von ihr verabschieden. Von meinem Fenster aus sah ich den Wagen der geheimen Staatspolizei vorfahren. Meine Mutter fiel ihr in die Hände. Mein Vater hatte sie verraten. Wegen ihres eigenen Verrats, nicht wegen ihres Stammbaums. Ich war zehn Jahre alt. Meine Kindheit endete an jenem Tag.«

Mein Vater legte das kleine, schwarzweiße Foto

zurück in den Karton. Er schwieg lange.

Es hatte zu schneien begonnen. Ich stand benommen auf und legte ihm meine Hand auf die Schulter. Er nickte erschöpft und sah mich aus seinen wässrigen hellblauen Augen an. Ein Grauschleier hatte sich auf sie gelegt. »Ich wollte, dass du diese Geschichte kennst«, murmelte er. Ich nickte und als ich mich später an diesem Tag von ihm verabschiedete, sah er mich an wie einen Fremden.

Der alte Komet war wieder dabei, sich von mir zu entfernen.

Die Erinnerung an diese Begegnung schoss mir durch den Kopf, als ich jetzt am Bett meines Vaters saß, dessen Licht langsam verlosch. Er öffnete die Augen.

»Die Schublade«, murmelte er. Ich zog sie vorsichtig heraus. »Das Foto. Nimm es.« Es lag ganz oben und war, wie all die anderen, klein, schwarzweiß, mit diesem typischen gezackten weißen Rand. Ich wusste sofort, wessen Gesicht mich anblickte, obwohl ich es nie zuvor gesehen hatte. Eine junge Frau mit einem scheuen Lächeln, ihr dunkles Haar zu zwei dicken Zöpfen geflochten.

»Das ist sie«, stellte ich fest. Mein Vater konnte nur noch flüstern. Ich beugte mich vor zu seinen bleichen, rissigen Lippen.

»Er hat es bitter bereut. Sein Leben lang. Das sagte er mir am Ende. ›Könnte ich es nur wieder gutmachen‹, das waren seine letzten Worte.

Er konnte es nicht. Ich konnte es auch nicht. Ich hatte all das verdrängt, versteckt, begraben. Aber du kannst es, Junge.« Er blinzelte. Die Worte kosteten ihn viel Kraft.

»Sag mir, wie?«, fragte ich. Sein Brustkorb hob sich wie unter einer zentnerschweren Last. Seine Lippen bewegten sich. Ich beugte mich noch tiefer.

»Das Foto. Sein Grab. Du musst es…«, wisperte er mit letzter Kraft und riss die Augen auf. In dieser Sekunde blieb die Zeit stehen.

Wie lange ich die Luft anhielt — ich weiß es nicht. Meine rechte Hand bewegte sich auf ihn zu. Ich schloss ihm die Augen und ließ meine Hand auf seinem starren Gesicht liegen.

So endete sein Leben.

Ich fand das Grab meines Großvaters. Der winzige enge Friedhof lag in dem schattigen Winkel, den das Hauptschiff mit dem Querschiff jener uralten kleinen Kirche bildete. Die verwitterten und windschiefen Grabsteine standen dicht an dicht hintereinander, wie Dominosteine, die ein unsichtbarer gewaltiger Finger daran hinderte, ins feuchte, dunkle Moos zu stürzen. Die Sonne brannte am Himmel. Es war Mittag. Die Grillen zirpten im nahen Weizenfeld. Eine leichte Briste schlich um die Ecken der Kirche.

Niemand außer meinem Schatten wusste, wo ich war.

Ich kniete nieder und fuhr die Inschriften, die Namen und Jahreszahlen mit meinem kleinen Finger nach. Meine Knie wurden feucht.

Etwas abseits, ganz für sich, sah ich ihn: Mo Rabenstein — mein Name auf einem blassgrauen Stein. Ich stand auf und näherte mich ihm. Mo Rabenstein, mein Großvater, der meine Großmutter den Teufeln auslieferte, weil sie dasselbe Ferdl angetan hatte, dem einzigen Freund, den mein Vater je hatte.

Ich tastete nach meiner Innentasche. Zwei Fotografien hatte ich mitgebracht, unzählige Male von Daumen und Zeigefinger gehalten: das ernste junge Gesicht meiner Großmutter; zwei kleine Jungen mit den Armen auf den Schultern.

Ich dachte an die letzten Worte meines Großvaters, an die letzten Worte meines Vaters. Ihr Leben war Lichtjahre entfernt von mir und doch so nah wie mein Schatten.

Mein Herz schlug ruhig. Plötzlich war es still. Ich legte die beiden Fotografien sorgsam auf den Grabstein. Dann trat ich ein paar Schritte zurück. Ein friedliches Bild.

Im nächsten Augenblick fegte der Wind sie davon.

Noahs Gleichung

In dieser Nacht verschwanden sie. Danach fand Noah keinen Schlaf mehr. Die Seekarte — er starrte auf das Y, mit dem er Point Nemo dort markiert hatte. Ja, sie waren aus seinem Leben verschwunden. Endgültig. Doch ein Gedanke quälte ihn.

Frühmorgens tappte er auf bloßen Füßen an Deck. Die frische Morgenbrise fegte die Müdigkeit aus seinen Augen, seinen Schultern, seinen Armen und Beinen. Er streckte sich und sog die Meeresluft tief in seine Lungen, die so sehr an Nikotin gewöhnt waren. Er klopfte die Taschen seines Pyjamas ab und fluchte leise.

Seine Augen wanderten den Horizont entlang, ohne sich an etwas festhalten zu können. Eine Hand an der Reling, begann er seinen Rundgang. Bei dem Gedanken an die letzte Nacht blieb er für einen Moment stehen und schob ein paar Strähnen aus der Stirn.

»Ganz schön öde, was?« Die Stimme Kapitän Lindseys riss Noah aus seinen Grübeleien. Der spöttische Unterton entging ihm nicht, doch er sparte sich eine Antwort. »Point Nemo. Da wollten Sie ja unbedingt hin. Jeweils 1450 Seemeilen bis Ducie Island oder bis zur Osterinsel oder bis zur Antarktis. Wir sind am entlegensten Ort der Erde.«

»Es sind 1451,52 Seemeilen, Kapitän«, brummte Noah.

»Richtig, ich vergaß, dass Sie großen Wert auf genaue Zahlen legen. Kein Wunder, als Mathematiker.«

»Ich bin sicher, Sie haben es nicht vergessen. Ihre Versuche, Konversation zu machen, sind unangebracht.«

Lindsey verzog keine Miene. »Aber wo wir schon mal bei Zahlen sind, sagen Sie mir doch mal, welche Tiefe der Pazifik hier hat.«

»Eine exakte Zahl hab ich nicht. Rund 4000 Meter. Genügt Ihnen das?«, fragte Lindsey und steckte sich eine Zigarette an, ohne Noah eine anzubieten. Der Rauch wehte Noah für einen Moment ins Gesicht. Er schloss die Augen.

»Das genügt mir, in diesem Fall«, sagte er und wandte sich ab.

»Wie geht es jetzt weiter?«, wollte Kapitän Lindsey wissen.

»Zurück nach Auckland.«

»Sie haben Ihr Ziel also erreicht?«

Noah drehte sich nicht um. Lindsey beobachtete, wie die Schultern des Mannes sich hoben, als er tief Luft holte.

»Ich habe alles erledigt«, antwortete er.

»Schön zu hören, dann gebe ich der Mannschaft Bescheid.«

»Tun Sie das. So schnell wie möglich!« befahl Noah und ging in seine Kabine. Lindsey sah ihm lächelnd nach.

Im Laufe des Tages frischte der Wind stark auf. Lindsey ließ die volle Leinwand setzen. Es war ein gutes Schiff. Das Beste, das er je unter seinem Kommando gehabt hatte. Die Reise von Neuseeland bis zu diesem ominösen Punkt im Pazifik war ohne große Zwischenfälle verlaufen. Er verstand sein Metier und die Mannschaft war von der schweigsamen und zuverlässigen Sorte. Dennoch hatte er von Anfang an ein ungutes Gefühl. Es war ihm kein einziges Mal gelungen, ein vernünftiges Gespräch mit diesem Mann zu führen, der ihn in Auckland angeheuert hatte. Die Tatsache, dass niemand Professor Noahs Kabine betreten, ja nicht einmal einen Blick hineinwerfen durfte, regte Lindseys Fantasie an.

Noah zeigte sich tagsüber selten an Deck. Erst als sie sich ihrem Ziel näherten, änderte sich das. Er erschien vormittags und stellte sich wortlos an die Reling. Mittags verschwand er zum Essen in seiner Kabine und kam am frühen Abend erneut heraus um nach der aktuellen Position zu fragen. Am Vorabend hatten sie Point Nemo erreicht.

»Halten Sie heute Nacht diese Position!«, war Noahs Anweisung gewesen.

Dann ging er in seine Kabine und verschloss sie wie üblich.

Lindsey schlief unruhig und wusste nicht warum. Nach Mitternacht weckte ihn ein Geräusch. Es hörte sich an, als ob etwas ins Wasser geworfen worden wäre. Wenig später wiederholte es sich. Er eilte an Deck. Der Mann am Ruder hatte nichts bemerkt. Lindsey suchte mit seiner Taschenlampe das Meer ab, doch die schwarzen Wellen gaben nichts preis. Als er an Noahs Kabine vorbeikam, hörte er ein leises Klicken. Ein Schlüssel wurde herumgedreht. Lindsey dachte eine Sekunde lang daran, an die Tür zu klopfen und Noah zu fragen, ob er auch etwas gehört hatte. Doch dann traf ihn die Erkenntnis, dass Noah an Deck gewesen sein musste, und dass er etwas ins Meer geworfen hatte. »Mit dem Mann stimmt was nicht«, dachte er, bevor er sich wenig später in seiner Koje umdrehte und wieder in seinen unruhigen Schlaf fiel.

Am folgenden Tag nahmen sie, wie von Noah angeordnet, Kurs auf Auckland, Neuseeland. Am Abend überprüfte Lindsey den Kurs, als er das Steuerruder von dem Norweger übernahm, der der schweigsamste der Mannschaft war.

Er hatte das Abendessen in seiner Kajüte eingenommen und wollte rechtzeitig wieder an Deck sein, bevor Noah erschien und nach der Position fragte. Der Wind wehte unvermindert stark. Sie mussten nach seiner Einschätzung mehr als 70 Seemeilen seit dem Morgen zurückgelegt haben, deutlich über dem Durchschnittswert der letzten Wochen.

Zu seiner Überraschung blieb Noahs Kabine verschlossen. Er hatte sie seit dem Morgen nicht verlassen. Lindsey zuckte mit den Schultern. »Was soll's«, dachte er, »soll er mir doch aus den Augen bleiben bis Auckland.

Er führte, wie jeden Abend um diese Zeit, seine Messung mit dem Sextanten durch. Er stellte seine Berechnung an und blickte stirnrunzelnd auf das Ergebnis.

Der Sextant wog schwer, als er ihn für eine zweite Messung zur Hand nahm. Er legte ihn nach ein paar Minuten zur Seite und holte sein Satellitennavigationsgerät. Es war auf dem neuesten Stand der Technik und funktionierte einwandfrei. Daher zeigte es auch das gleiche Ergebnis an, das er mit Hilfe des Sextanten errechnet hatte. Zwei Mal errechnet hatte!

Er warf einen Blick auf die unter dem Wind prall gespannten Segel und lief zum Bug, der sich in voller Fahrt rhythmisch in die Wellen des Pazifiks bohrte. Alles war, wie es besser nicht sein konnte. Mit einer Ausnahme. Ihre Position stimmte nicht. Sie konnte einfach nicht stimmen, denn wenn sie korrekt war, hatten Sie nicht eine einzige Seemeile seit dem frühen Morgen hinter sich gebracht. Im Gegenteil, sie befanden sich an exakt derselben Position, die sie gestern Abend erreicht hatten, dem Pol der Unerreichbarkeit.

Lindsey verstand die Welt nicht mehr. Er war ein erfahrener Kapitän, den nichts aus der Ruhe bringen konnte. In diesem Augenblick jedoch befiel ihn ein Frösteln.

Vorerst wollte er seine Entdeckung für sich behalten. Es war sinnlos, die Mannschaft zu beunruhigen, und Noah war offenbar an ihrer derzeitigen Position noch nicht interessiert. Er beschloss, bis Mitternacht selbst am Ruder zu bleiben und es dann an den zuverlässigsten der Mannschaft zu übergeben. Der Wind hielt an, er nahm eher noch zu. Lindsey würde die nächste Messung nach Sonnenaufgang vornehmen. Bis dahin, so hoffte er, würde sich das Rätsel von selbst lösen. Die ganze Nacht segelte die Quim prächtig vor dem Wind. Am nächsten Morgen war er zeitig an Deck. Der Mann am Ruder nickte ihm wortlos zu.

»Alles in Ordnung«, murmelte Lindsey beschwörend, »alles in Ordnung«, und ging mit seinem Sextanten ans Werk.

Er führte drei Messungen durch und befragte zudem das Satellitennavi. Es gab keinen Zweifel: Sie waren nicht von der Stelle gekommen.

Das Ungeheuerliche war Realität. Die Realität war ungeheuerlich.

Er sah übers Meer dem Tag entgegen. Er wusste, die großen Rennen waren vorbei. So schnell würde sich kein anderes Schiff in diesen Teil des Pazifiks verirren. Es konnte Wochen oder Monate dauern. Ein Schauer überlief ihn.

Professor Isaac Noah saß in seiner Kabine an dem winzigen Tisch, den er von der Innenwand heruntergeklappt hatte. Zwei aufgeschlagene Notizbücher hatten so gerade eben Platz darauf.

Noah hatte in einem geschrieben und im anderen gelesen. Er war in eines der großen ungelösten Probleme der Mathematik vertieft, der »Goldbachschen Vermutung«. So einfach diese klingt (»jede gerade Zahl, die größer als zwei ist, ist Summe zweier Primzahlen«), so diffizil scheint es, sie mathematisch exakt zu beweisen oder zu widerlegen und das seit mehr als 270 Jahren.

Seit vorletzter Nacht, seit sie für alle Zeit aus seinem Leben verschwunden waren, konnte er an seiner Lösungstheorie arbeiten. Er hatte seine Notizen aus früheren Jahren erstmals seit langer Zeit ohne zu zittern zur Hand nehmen können.

»Du verschwendest deine Zeit!«, hatte sein Vater gesagt, »und, was unverzeihlich ist, du verschwendest auch meine! Sieh den Tatsachen ins Auge! Du bist zu außergewöhnlichen Leistungen nicht fähig!« Er hatte mit seinem Zeigefinger nach ihm gestoßen wie mit einem Bajonett. »Mittelmaß! Das ist auf deiner Stirn eingraviert! Du bist die größte Enttäuschung meines Lebens! Das ist der einzige Superlativ, der auf dich zutrifft!« Jedes Wort brannte wie Feuer in Noahs Seele.

Schlimmer noch war das Gesicht seiner Mutter an jenem Tag. Ihr unbarmherziger Blick, ihre Miene, als betrachtete sie einen miserablen Schüler. Mit einem geringschätzigen Zungenschnalzen verpasste sie dem Urteil seines Vaters ein ehernes Siegel. Die Meinung seiner Eltern stand so fest wie der Satz des Pythagoras. Sie gehörten zu den größten Mathematikern ihrer Zeit. Sein Leben, seine Arbeit an der Universität von Stanford, seine Ernennung zum Professor für Mathematik waren in ihren Augen nichts wert, weil es eine Allerweltskarriere, ein Allerweltsleben war.

»Ich werde keinen einzigen Gedanken mehr an dich verschwenden!«, war das letzte gewesen, das sein Vater zu ihm gesagt hatte. Dieses Gespräch war in sein Gedächtnis eingeätzt. Noah hatte seit jenem Tag mit aller Macht versucht, das Gleiche zu tun, keinen einzigen Gedanken an seine Eltern mehr zuzulassen. Es war hoffnungslos. Nach etlichen Jahren in therapeutischer Behandlung kapitulierte er. Dieses Ziel blieb unerreichbar.

Er zog sich zurück von dem Universitätsleben, von seinen Kollegen, von seiner Arbeit. Er verkaufte seine Wohnung und ging nach Neuseeland. Dort baute er sich eine Holzhütte und lebte als Einsiedler, dem jeder menschliche Kontakt zuwider war, bis ihn eines Tages die Nachricht vom Tod seiner Eltern erreichte.

Sie waren mit dem Auto verunglückt. Sein Vater hatte sich verkalkuliert. Das erste und letzte Mal in seinem Leben. Er war auf dieser Brücke in Ohio zu schnell unterwegs. Es herrschte leichter Frost und es regnete. Ein Antippen des Bremspedals genügte. Sie kamen ins Schleudern, durchbrachen das Brückengeländer und stürzten mit ihrem Volvo 80 Meter tief in ein Flussbett.

Noah berechnete, wie lange sie in der Luft, wie lange sie zu Tode entsetzt gewesen sein mussten. Er rahmte diese Berechnung ein und schrieb das Todesdatum daneben. Vorlage für die Grabinschrift. Doch dann las er von Point Nemo.

Er flog nach Ohio, ließ seine Eltern einäschern und kehrte mit den Urnen zurück nach Neuseeland.

Er kaufte das Schiff, die Quim, heuerte Kapitän Lindsey und eine Mannschaft an und stach in See. Nach 16 Tagen hatten sie den Pol der Unerreichbarkeit erreicht.

An diesem Punkt im Südpazifik hatte er seine Eltern, die so großen Wert auf Superlative legten, 4000 Meter tief für immer versenkt. Die eisigsten

Eltern der Erde begraben am entlegensten Ort der Erde. Diese Gleichung war perfekt. Noah war zufrieden.

Er konnte seine Arbeit an einem der größten mathematischen Probleme wieder aufnehmen.

Sein Blick fiel auf die Tasse voller Zigarettenkippen. Er stand auf, um sie zu entsorgen und frische Luft zu schnappen.

Lindsey stand am Ruder und versuchte, seine Gedanken zu sortieren. Er überschlug ihre Vorräte an Wasser und Proviant. Sie waren ausreichend, aber knapp kalkuliert. Er beschloss, sich mit dem Hafen in Auckland in Verbindung zu setzen, um herauszufinden, ob nicht doch ein anderes Schiff in absehbarer Zeit ihren Kurs kreuzen würde.

Noahs Kabine öffnete sich und er trat an Deck. Lindsey beobachtete, wie er eine Tasse voller Kippen und Asche ins Meer schüttete.

»Guten Morgen, Sir«, sagte Lindsey. Noah hatte keine Lust auf eine Unterhaltung und nickte abwesend. Lindsey wollte es jetzt wissen. »Sir, ich habe Sie gehört. Sie warfen vorgestern Nacht etwas ins Meer.« Noah ignorierte diese Bemerkung, doch Lindsey blieb hartnäckig. »Vorgestern Nacht. Ich habe zweimal was ins Meer fallen hören. Sie waren an Deck.«

Noah dachte einen Moment daran, einfach wieder in seiner Kabine zu verschwinden. Er war diesem

Lindsey keine Rechenschaft schuldig. Andererseits gab es keinen Grund, ein Geheimnis daraus zu machen. Und tief in seiner Brust steckte auch der Wunsch, es laut auszusprechen. Er hob die leere Tasse und drehte sie demonstrativ um.

»Asche«, sagte er, »es war Asche. Die Asche meines Vaters und die Asche meiner Mutter. Verwahrt und luftdicht versiegelt in zwei Urnen aus rostfreiem Stahl.« Lindsey starrte ihn an.

»Sie haben ihre Eltern beerdigt? Am Point Nemo?«

»Ich hielt den Ort für angemessen.« Lindsey verarbeitete stirnrunzelnd, was er soeben gehört hatte. »Ich möchte heute nicht gestört werden«, sagte Noah im Anflug seines neuerwachten Selbstvertrauens. »Ich habe zu arbeiten. Ich sehe Sie heute Abend.«

Er nickte Lindsey kurz zu und ging.

Den ganzen Tag über hielt der starke Wind an. Lindsey versuchte vergeblich, eine Verbindung mit Auckland herzustellen. Es gelang ihm lediglich, eine Nachricht abzusetzen, in der er ihre Koordinaten nannte und den für alle, die ihn je hören sollten, rätselhaften Satz hinzufügte:

»Wir kommen hier nicht weg.«

Als Noah am Abend seine Kabinentür öffnete, warf Lindsey seine halbgerauchte Zigarette über Bord und verschränkte die Arme.

Noah kam gutgelaunt zu ihm herüber. Er war auf einen vielversprechenden Lösungsansatz zur »Goldbachschen Vermutung« gestoßen.

»Nun Lindsey, wie sind die Koordinaten? Wir müssen in den letzten sechsunddreißig Stunden ein gutes Stück Pazifik hinter uns gelassen haben.« Lindsey hielt ihm das Satellitennavi hin. Noah warf einen Blick darauf. »Was soll das? Da waren wir vorgestern schon. Point Nemo muss mehr als 200 Seemeilen hinter uns liegen.«

»Ganz meine Meinung, Sir«, sagte Lindsey, »aber das hier ist unsere aktuelle Position. Wir haben nicht eine einzige Meile geschafft.« Noah schnaubte ungläubig.

»Sie wissen so gut wie ich, dass das unmöglich ist. Wir machen mindestens sechs Knoten die Stunde. Dieses elektronische Zeug taugt einfach nichts. Geben Sie mir den Sextanten!«

»Ich habe unsere Position ein halbes Dutzend Mal mit dem Sextanten überprüft. Wir haben uns nicht vom Fleck bewegt.«

Noah starrte ihn verärgert an.

»Das ist Blödsinn, Lindsey! Geben Sie her!«

Noah war nicht geübt darin, den Sextanten zu gebrauchen.

Lindsey stand am Ruder und sah ihm zu. Er dachte daran, die Mannschaft einzuweihen. Mit ihm und Noah waren sie zu acht. Der Platz im Beiboot würde reichen. Aber sie hatten mehr als 1400 Seemeilen vor sich. Ihre Chancen standen 1 zu 50, wenn sie es schafften, eine der Tankerrouten zu erreichen.

Noah legte den Sextanten aus der Hand. Er hatte seine Messung mehrmals wiederholt. Die Quim pflügte mit unverminderter Geschwindigkeit durch den Südpazifik. Noah warf einen Blick in die Takelage und starrte dann aufs Meer hinaus.

»Wie ist das möglich?«, murmelte er konsterniert.

»Sir, ich denke, das ist die falsche Frage. Mich interessiert viel mehr, was wir tun werden.«

»Wie meinen Sie das?«

»Unsere Vorräte reichen für etwa zwei Wochen. Wir versuchen es mit dem Beiboot.«

»Sind Sie verrückt geworden?«

»Fakt ist, dass in dieser Gegend monatelang kein Schiff aufkreuzen wird. Fakt ist auch, dass wir mit der Quim von hier nicht wegkommen.« Noah funkelte ihn an.

»Unsinn! Das ist pure Spekulation. Das kann nicht sein, Lindsey! Herrgott nochmal!«

»Dann beweisen Sie mir, dass ich unrecht habe, Sir. Beweisen Sie, dass ich falsch gerechnet habe. Beweisen Sie, dass der Sextant und das Navi defekt sind.«

»Sagen Sie mir nicht, was ich zu tun habe! Ich muss Ihnen überhaupt nichts beweisen!« Noah tippte mit seinem Finger energisch auf den Kompass. »Wir halten den Kurs Richtung Neuseeland, wir machen sechs bis acht Knoten die Stunde und wir laufen in den Hafen von Auckland ein, in spätestens zwei Wochen. Das ist Beweis genug!«

Er wurde mit jedem Satz lauter. Die letzten Worte schleuderte er Lindsey wutentbrannt entgegen. »Haben Sie mich verstanden?«

»Sir, ich glaube wir sollten die Mannschaft davon in Kenntnis …«

»Behalten Sie Ihre Hirngespinste für sich und machen Sie die Leute nicht verrückt! Wir segeln nach Auckland, ohne Wenn und Aber. Dafür bezahle ich Sie schließlich und nicht für irgendwelche Alleingänge. Ich warne Sie, Lindsey. Wenn Sie sich nicht an meine Anweisungen halten, werden Sie es bitter bereuen! Und das Ding hier vergessen Sie ab sofort!« Damit warf er das Satellitennavi in hohem Bogen ins Meer.

Äußerlich ungerührt nahm Lindsey diesen Beweis von Noahs Unberechenbarkeit hin. Er blickte ihm ruhig in die Augen und schwieg.

Noah hielt seinem Blick nur kurze Zeit stand, drehte sich abrupt um und verschwand in seiner Kabine.

Lindsey ließ sich wenig später von dem schweigsamen Norweger am Ruder ablösen. Die ganze Nacht hindurch versuchte er, am Funkgerät eine

Verbindung zu irgendjemandem zu bekommen, aber es gab niemanden, der ihm antwortete.

Im Morgengrauen stand sein Entschluss fest. Den Norweger weihte er als ersten ein. Es fiel ihm nicht schwer, auch den Rest der Mannschaft zu überzeugen. Sie hatten den Streit zwischen ihrem Kapitän und Noah mitbekommen und sie vertrauten Lindsey uneingeschränkt, wenn Sie auch nicht verstanden, was die Quim an diesem Ort festhielt. Sie verstauten ihre Vorräte in dem Beiboot und ließen es zu Wasser.

Lindsey klopfte an Noahs Kabine. Es dauerte lange, bis sie sich öffnete. Noah blickte ihn aus rotunterlaufenen Augen an. Er hatte nur zwei Stunden geschlafen und den Rest der Nacht über seiner Arbeit verbracht, um nicht an dieses teuflische Phänomen denken zu müssen. Dieses verfluchte Y. Drei Striche, die nichts trennen konnte. Drei Individuen. Seine Eltern und …

»Sir, wir haben das Beiboot klargemacht. Es hat ein kleines Segel und acht Ruder. Wir werden versuchen, die Osterinsel zu erreichen, oder vielleicht sogar vorher eine der Tankerrouten. Wenn Sie mitkommen wollen lasse ich den restlichen Vorrat ins Boot schaffen.« Noah stierte ihn an, als hätte er keine Silbe verstanden. Ihm fehlte die Kraft für ein weiteres Machtwort. Er wusste, dass ihm die Macht über das Schiff und über Lindsey entglitten war.

»Sie verlieren keine Zeit, was Lindsey?«

»Das können wir uns nicht leisten, Sir.« Noah trat heraus und sah hoch in die prall gefüllten Segel.

»Der Wind steht gut.«

»Im Augenblick ja, Sir, aber das hat nichts zu bedeuten.«

»Hat nichts zu bedeuten«, murmelte Noah, »nichts zu bedeuten, nichts zu …«

»Wie lautet Ihre Entscheidung, Sir?« Noah blickte Lindsey aus glasigen Augen an.

»Mittelmaß. Ihre Leistungen waren bestenfalls mittelmäßig.«

»Sir?«

»Runter von meinem Schiff!« Lindsey erwiderte Noahs Blick.

»Ich nehme meinen Sextanten mit.« Noah nickte schwach und zugleich widerwillig.

»Sie nehmen die falsche Richtung, Lindsey. Ich bin auf Ihre Beweisführung gespannt.«

»Wir werden überleben, Sir. Ist das nicht Beweis genug?« Noah lächelte schmal und warf ihm einen verächtlichen letzten Blick zu. Dann schüttelte er den Kopf und ging in seine Kabine.

»Viel Glück, Sir«, rief Lindsey ihm nach, als sich die Tür schloss.

Er blieb eine Weile stehen und wartete, ohne zu wissen, worauf. Bis Noah den Schlüssel umdrehte. Lindsey machte kehrt und bestieg das Beiboot.

Der Wind legte sich von einer Minute auf die andere.

»Wir rudern«, sagte er leise zu den Männern. Zu ihrer Rechten erschien die Sonne über dem ruhigen Pazifik. Es herrschte eine lange Dünung. Der Morgen war friedlich.

Lindsey und seine Leute wurden drei Wochen später von einem Tanker aufgefischt. Man glaubte ihm kein Wort.

Drei Monate später trafen Weltumsegler am Point Nemo auf die Quim. Von Noah keine Spur.

Dafür fanden sie tausendfach überall auf dem Mast, den Planken, sogar auf dem Segel eine Gleichung in schwarzen Strichen: $Y + Y = Y$

Leander schläft Leander

»Michelangelo hat nie gelacht. Wusstest du das?«
Leander hielt Carl ein Buch vor die Nase. Darin war
eines der Werke Michelangelos abgebildet, in dem er
sich porträtiert hatte. Carl warf einen Blick darauf.

»Wundert mich nicht, bei der Visage«, antwortete
er. Leander klappte das Buch zu und sah aus dem
Fenster.

»Wir sind bald da, glaube ich.«

»Also ich such mir erst mal 'n Burger King. Mir ist
schlecht vor Hunger.«

»Kommst du nicht erst mit ins Hotel?« Carl
schüttelte den Kopf.

»Du kriegst das schon allein hin. Mann, mir geht's
wirklich mies. Ich hab' ewig nichts zu futtern gehabt.«

»Und was war mit den Sandwiches auf den
Rastplätzen?«

»Die zählen nicht, da war keine Mayonnaise drauf.«
Leander seufzte. »Hey«, sagte Carl und stieß ihn an,
»du wirst doch hoffentlich nicht einpennen, Mann!
Kriegst du das hin mit unserem Zimmer?« Leander
nickte. »Gut, und pass bitte auf meine Tasche auf.«

»Was ist, wenn der Stüber fragt?«
Dr. Stüber war der Leiter der Studienfahrt. Er lehrte
Kunstgeschichte an der privaten Uni, die Carl und
Leander seit drei Jahren besuchten. Carl winkte ab.

»Lass dir was einfallen.«

Leander runzelte die Stirn, doch für Carl war die Sache damit erledigt.

Der Bus fädelte sich durch den dichten Florentiner Stadtverkehr.

Carl passte den Moment ab, als Dr. Stüber durch ein Gespräch abgelenkt war. Er schlich zum Fahrer und spielte ihm eine akute Übelkeit vor. Der reagierte prompt und öffnete die Tür.

Als der Bus anfuhr, suchte Leander in seiner Jackentasche nach den Tabletten.

Sie erreichten das Hotel wenig später. Im Zimmer angekommen ließ er Carls Tasche auf den Boden fallen und packte seine aus. Um sieben sollten sich alle im Foyer treffen. Der Abend verlief ereignislos, wenn man davon absieht, dass Leander vor seinem Antipasti-Teller eine Schlafattacke erlitt. Die anderen kannten das schon von ihm und machten nicht einmal mehr Witze darüber.

»Haben Sie Ihr Medikament vergessen?«, fragte ihn Dr. Stüber später.

»Möglich«, erwiderte Leander kurz angebunden. Er wollte keine Diskussion zu diesem Thema.

Ihn beunruhigte, dass die Attacke gekommen war, obwohl er seine Tablette im Bus schon genommen hatte.

Carl erschien irgendwann mitten in der Nacht. Er rumorte im Dunkeln, warf seine Schuhe in die Ecke, seine Klamotten auf den Boden und fiel mit einem tiefen Seufzer aufs Bett.

»Ich sag nicht, wie spät es ist«, schnaufte er.

»Ich will's auch gar nicht wissen«, sagte Leander.

»Ich wusste, dass du noch nicht pennst, Mann.«

»Hast du viel getrunken?«, wollte Leander wissen. Carl antwortete mit einem Schnarchen. Leander lag noch lange wach.

Für den Vormittag stand nichts auf dem Programm. Die Studiengruppe sollte sich um 13:00 Uhr vor der Galleria d' Accademia treffen.

Leander stand früh auf und sah enttäuscht aus dem Fenster. Wind, Regen, trübes Licht an einem Sommermorgen in der Toskana – er fühlte sich betrogen. Missmutig holte er seinen Pullover aus der Tasche, zog seine Schuhe an und verließ das Zimmer. Er stibitzte zwei Cornetti vom Frühstücksbüffet und trat ins Freie.

Entschlossen machte er sich auf den Weg, um die Stadt zu erkunden. Er schlenderte zum Giardino di Boboli. Vereinzelt begegneten ihm Fußgänger mit ihren Hunden. Er fühlte sich unbehaglich und fröstelte. Kein einziger Vogel war in dem riesigen Park. Er durchquerte ihn und kam am Palazzo Pitti vorbei. Von hier aus wollte er zum Ponte Vecchio, der uralten Brücke mit ihren drei Segmentbögen und den malerischen Häuschen. Vor dem Pitti-Palast wurde ihm schwindlig. Er musste sich an einem Verkehrsschild festhalten.

»Oh Mann«, murmelte er und nahm eine Tablette. Er schloss die Augen und konzentrierte sich darauf, nicht ohnmächtig zu werden.

Als er sie wieder öffnete, sah er fünfzig Meter entfernt eine junge Frau. Sie trug einen Rucksack und hielt sich ebenfalls an einem Verkehrsschild fest. Sie wandte sich zu ihm um, Entsetzen in ihren Augen. Dann rannte sie los in Richtung des Flusses.

Leander schlug dieselbe Richtung ein und kam bald an der Chiesa di Santa Felicita vorbei.

Als er auf Höhe der Kirche war, sah er zerbrochene Dachziegel und Mauersteine auf der Straße liegen. Das Portal wurde plötzlich aufgestoßen. In höchster Eile quollen Menschen aus dem Kirchendunkel heraus. Sie machten verstörte Gesichter. Einige der Frauen schrien etwas auf Italienisch, das er nicht verstand. Irgendwas mit ...moto am Ende.

Sie rannten an ihm vorbei und stoben in alle Richtungen davon.

Die Kirchenglocken dröhnten unangenehm in seinen Ohren. Schrilles Sirenengeheul setzte gleich darauf ein. Leander erreichte die Brücke. Dort standen sechs Carabinieri Arm in Arm und ließen niemanden vorbei. Leander hörte, wie ein Tourist rief:

»Via Bardi. Hier rechts entlang die Via Bardi. Von dort kann man was sehen!« Leander folgte ihm.

Gleich darauf stand er am Ufer des Arno und spähte über die Köpfe der Menschenmenge. Es begann zu regnen. Ein kalter Wind blies ihm heftig ins Gesicht. Vor ihm kippte ein Mann um. Dadurch hatte er freie Sicht. Bei dem Anblick gefror ihm das Blut in den Adern.

Mehr als sechs Jahrhunderte hatte die Brücke den Arno überspannt und nun klaffte inmitten des Ponte Vecchio eine hässliche Lücke. Der mittlere der drei Brückenbögen war verschwunden. Drei oder vier der Häuser und das Denkmal von Benvenuto Cellini waren in den Fluss gestürzt. Zwischen den Trümmern sah Leander leblose Körper im flachen Wasser liegen. Zum Teil ragten nur Arme und Beine unter zerbrochenen Balken und zerborstenen Steinen hervor.

Von beiden Ufern kamen Helfer durch das steinige Flussbett herbeigestürzt. Glocken und Sirenen verstummten. Eine gespenstische Stille lag über der Szenerie. Fassungslos starrten die Menschen auf das Entsetzliche.

Leander spürte ein Rumpeln und Rütteln unter seinen Füßen, eine gewaltige Macht. Ein kleines Mädchen neben ihm schrie auf. Die Erde bebte ein zweites Mal. Leander blickte auf die umliegenden Häuser und wurde von einem heftigen Schwindel gepackt. Er stürzte zu Boden. Jemand versuchte, ihn auf die Beine zu stellen. Jemand rief seinen Namen.

»Leo! Leo, verdammt nochmal! Werd' endlich wach! Wir verpassen noch das Frühstück!« Carl hatte ihn an beiden Schultern gepackt und schüttelte ihn. »Wie siehst du denn aus, Mann?«

Leander setzte sich mühsam auf. Sein Gesicht war schweißüberströmt. »Ist ja auch viel zu warm hier drin. Los spring unter die Dusche! Ich geh schon mal vor.« Carl gab ihm eine leichte Ohrfeige. Das brachte Leander zu sich. Carl hatte beide Fenster aufgerissen. Blendender Sonnenschein überschwemmte das Zimmer.

»Kein Regen«, murmelte Leander, »und kein Erdbeben.«

Eine Viertelstunde später betrat er mit noch nassen Haaren den Frühstücksraum des Hotels.

Carl entdeckte ihn als erster und winkte. Er saß mit Dr. Stüber und Luisa, einer Kommilitonin, an einem Tisch.

»Du musst unbedingt die Croissants probieren«, rief Carl ihm zu.

»Das sind Cornetti, Carl, wir sind nicht in Frankreich«, belehrte ihn Luisa. Dr. Stüber lächelte Leander zu und verkniff sich die Frage, ob er gut geschlafen habe. Er wusste, dass Leander an Narkolepsie litt.

»Guten Morgen, Leander.«

»Guten Morgen. Sorry, ich bin etwas spät dran.« Dr. Stüber, ein kleiner bärtiger Mann, winkte ab.

»Kein Problem, wir haben unser Rendezvous mit David erst um eins.« Carl stand auf.

»Komm mit ans Büffet, ich gönn mir noch einen Nachschlag.« Luisa stellte Dr. Stüber eine Frage.

Leander folgte Carl. Er hatte einen Bärenhunger und nahm eine große Schüssel für sein Müsli.

»Luisa quetscht unseren lieben Doktor schon den ganzen Morgen aus«, sagte Carl und nahm ein Cornetto.

»Immerhin fragt er dich dann nicht, wo du gestern Abend warst«, erwiderte Leander. Sie kehrten an ihren Tisch zurück und schnappten den Rest von Luisas Bemerkung auf.

»... mir nur sehr schwer vorstellen.«

»Was kannst du dir nicht vorstellen?«, fragte Carl kauend.

»Der David ist mehr als fünf Meter groß und wiegt fast sechs Tonnen, soviel wie ein ausgewachsener Elefant«, sagte sie.

»Der Marmorblock, aus dem Michelangelo ihn herausgemeißelt hat, war übrigens doppelt so schwer«, sagte Dr. Stüber. »Es dauerte zwei Jahre, ihn nach Florenz zu schaffen. Allerdings hielten die damaligen Fachleute den Marmor für unbrauchbar.«

»Der riesige Aufwand, stell euch das mal vor«, sagte Luisa. »Ein Steinblock von zwölf Tonnen und kein Zug und kein Kran und kein LKW.« Carl schüttelte den Kopf.

»Super. Und dann ist das Ding da und die Experten sagen, Leute das hättet ihr euch sparen können.« Dr. Stüber lächelte.

»Ob es genauso abgelaufen ist – wer will das mit Sicherheit sagen, nach über fünfhundert Jahren?«

»Und wie kam Michelangelo ins Spiel?«, wollte Leander wissen. Dr. Stüber rieb mit einem Zeigefinger an seiner Schläfe.

»Das Ding, wie Carl zu sagen beliebt, stand unbeachtet dreißig Jahre lang in der Sonne und im Regen, ohne dass sich einer getraut hätte, auch nur einen Hammerschlag daran zu probieren. Niemand hielt es für möglich, aus diesem verkorksten Marmorquader eine Skulptur zu schaffen, vor allem, weil der Block in der Mitte ein ziemliches Loch hatte. Bildhauer brauchen etwas, das sie wegschlagen können. Ein außergewöhnlich gutes räumliches Vorstellungsvermögen, perfekte handwerkliche Kenntnisse und eine übermenschliche Ausdauer waren gefragt.«

»Mit anderen Worten: Meister Michelangelo«, sagte Carl kauend.

»So ist es, Carl. Hier kam seine Genialität zur Entfaltung. Er hat in drei Jahren sechs Tonnen Marmor so kunstvoll weggeschlagen wie niemand zuvor auf dieser Erde. Um seine Leistung auch nur annähernd einschätzen zu können, muss man selbst einmal einen Marmorbrocken mit Hammer und

Meißel bearbeitet haben. Wir hätten vorher einen Abstecher nach Carrara machen sollen. Zu dumm, dass ich nicht eher daran gedacht habe.«

»Da bin ich Ihnen gar nicht böse«, sagte Carl und bestrich das zweite Hörnchen mit Schokocreme. »Das hört sich doch sehr nach harter Arbeit an. Dafür sind meine Hände nicht zu gebrauchen.«

»Schon klar«, sagte Luisa, »du stemmst ja lieber Teigwaren.«

Carl winkte mit seiner Serviette und schenkte ihr ein strahlendes Lächeln.

»Wie alt war Michelangelo damals?«, fragte Leander.

»Er war sechsundzwanzig, als er mit dem David angefangen hat. Zwei Jahre zuvor hatte er bereits die Pietà in Rom geschaffen.«

»Also in deinem Alter«, sagte Luisa zu Carl.

»Nicht zu fassen.« Vor Überraschung vergaß Carl zu kauen.

»Ich hab gelesen, dass der David nicht gut auf seinem Sockel steht«, sagte Leander, »und dass es sein kann, dass …« Dr. Stüber unterbrach ihn.

»Gerüchte, nichts als Gerüchte. Da war von einem angeblichen Haarriss im rechten Bein zu lesen. und der Sockel soll leicht nach vorn geneigt sein. Ich bitte Sie, das ist in den letzten fünfhundert Jahren kein Problem gewesen. Warum also jetzt auf einmal?«

»Aber was ist, wenn es ein Erdbeben gibt? Die sind hier doch recht häufig, oder?«, bohrte Leander nach.

»Das ist richtig, die gab es hier immer schon. Aber David hat sie alle überstanden und das wird auch weiterhin so sein.«

Dr. Stüber legte die Serviette weg und stand auf. Für ihn war das Gespräch beendet. »Wir sehen uns um eins.« Carl stand ebenfalls auf, um noch einen Blick auf die Frühstückstheke zu werfen. Leander schaute Luisa an.

»Weißt du, was Erdbeben auf Italienisch heißt?«

»Terre Moto, warum?« Leander zuckte mit den Schultern.

»Nicht so wichtig.«

»Na dann.« Sie ließ ihn allein.

Terre Moto — war das nicht das, was die Menschen in seinem Traum geschrien hatten. Aber wie war das möglich, wo er das Wort vorher noch nie gehört hatte? Er starrte aus dem Fenster. Und da war noch etwas: »Via Bardi« hatte dieser Tourist gerufen. Von dieser Straße hatte Leander ebenfalls noch nie gehört.

»Pennst du jetzt mit offenen Augen?«, wollte Carl von ihm wissen und setzte sich mit seinem vollen Teller an den Tisch. Leander stand auf.

»Ich muss was erledigen. Bis dann.«

Leander nahm den gleichen Weg wie in seinem Traum. Vor dem Palazzo Pitti traute er seinen Augen nicht. Dort stand eine junge Frau mit Rucksack und hielt sich an einem Verkehrsschild fest. Dann sah er, dass sie mit der anderen Hand den Riemen an ihrem

Schuh zurecht zog. Sie strahlte ihn an, als er an ihr vorbeiging. Leander atmete tief durch. Er fand die Kirche, aus der die Leute gestürzt waren. Das Portal war geschlossen.

Wenig später erreichte er den Ponte Vecchio. Die Brücke war intakt.

»Wieso auch nicht, es war ja nur ein Traum«, dachte Leander. Er ließ den Blick schweifen bis ein Schild auf der anderen Straßenseite sich in seine Augen brannte: Via Bardi. Leander schluckte.

Vielleicht hatte er den Namen unbewusst gespeichert, als er gestern den Plan studierte. Er zog das Taschenbuch hervor. Die Straße war zwar eingezeichnet, aber es fehlte der Name. Hatte einer der anderen Studenten den Namen erwähnt? Er konnte sich nicht erinnern. Leander schüttelte ratlos den Kopf. Er beschloss, nicht mehr darüber nachzudenken.

Den restlichen Vormittag verbrachte er in der Gegend rund um den Ponte Vecchio. Er bummelte gewiss zehn Mal über die Brücke und beobachtete die vielen Touristen und die wenigen Einheimischen. Er wünschte, sein Italienisch wäre so gut, dass er sich mit ihnen hätte unterhalten können, über Terre Moto zum Beispiel. Trotz der miserablen Nacht fühlte er sich gut. Er überquerte den Ponte Vecchio ein letztes Mal und schlug den Weg in Richtung der Galleria d'Accademia ein. Da er früh dran war, legte er eine Pause auf der Piazza della Signoria ein. Er setzte sich unweit der Kopie des David auf den Boden, lehnte sich mit dem Rücken an eine Hauswand und schloss die Augen. Sofort kamen die Traumbilder. Die weit aufgerissenen Augen der jungen Frau. Die verstörten Gesichter der Leute aus der Kirche, ihre Rufe und Schreie. Die unheilvolle Stille, als er inmitten der Menge auf den eingestürzten Ponte Vecchio starrte. Die leblosen Körper im Fluss.

Er öffnete die Augen und blinzelte gegen das Sonnenlicht zum Kopf des David empor. Dann rappelte er sich auf und lief weiter.

Vor dem Eingang des Museums sah er Dr. Stüber und die anderen wartend herumstehen. Alle waren froh, als sie aus der prallen Mittagshitze herauskamen und die Galleria betraten.

Ein langgestreckter Bogengang führte zur eigens für die Skulptur errichteten Rotunde. Sie konnten den David schon von weitem sehen. Ein riesiges Dachfenster goss warmes Licht auf die Statue, so dass ihr Marmor hell leuchtete.

Die Menschenmenge vor ihnen bewegte sich nur schrittweise und Leander schien es, als schwebte der David über allen. Er fühlte, wie ihm schwindlig wurde. Er ballte die Fäuste und wehrte sich mit all seiner Energie gegen eine Schlafattacke. Sein ganzer Körper verspannte sich.

»Setz dich besser hin, Leo«, brummte Carl, der neben ihm ging und an Leanders unsicheren Schritten spürte, dass etwas nicht stimmte.

»Geht schon«, presste Leander zwischen zusammengebissenen Zähnen hervor. Ihn packte plötzlich eine irrationale Wut auf seine Schlafsucht, gegen die er machtlos war.

»Hast du deine ...«, fragte Carl.

»Hab' ich! Frag nicht, bitte!«, zischte Leander und musste stehenbleiben. Carl blieb neben ihm. Sie bildeten ein Hindernis, waren wie zwei Steine in einem Fluss, um die herum das Wasser sich träge vorbeidrängt. Carl hakte sich bei ihm unter.

»Da sind Bänke an der Wand. Da setzt du dich jetzt hin, Mann.« Er schob Leander sachte zur Seite. Sie ließen sich beide auf eine schmale dunkelbraune Bank sinken. »Die Luft ist nicht besonders gut hier drin«, sagte Carl. »Kann ich dich allein lassen? Ich würd' mir den Kerl gerne aus der Nähe ansehen.«

Leander lächelte schwach. Der Schwindel hatte aufgehört.

»Geh, zisch ab. Ich komm schon klar.« Carl reihte sich wieder in die Prozession ein.

Leander lehnte den Kopf an die Wand und beobachtete die Gesichter der Menschen. Sie waren gefesselt von Michelangelos Meisterwerk. Das lichte hohe Gewölbe brachte die Statue perfekt zur Geltung. In dem klaren Florentiner Licht schwebte der David über den Sterblichen in einer Wirklichkeit, die nur ihm gehörte. Und Michelangelo.

Leander schloss die Augen und erinnerte sich an das, was er gelesen hatte, was er geträumt hatte. Plötzlich hielt es ihn nicht mehr auf der Bank. Er musste alles mit eigenen Augen sehen.

»Die Risse sind so fein, die kann man mit bloßem Auge nicht erkennen«, sagte ein Besucher neben ihm. Die Leute vor ihm kamen ins Stolpern. Eine Frau schrie vor Schmerz. Laute Rufe schallten über die Köpfe.

»Attenzione! Fuori, fuori!«

»Fuori heißt doch raus, hinaus«, denkt Leander. Er dreht sich um und sieht, starr vor Schreck, eine der Skulpturen, die seitlich an der Wand stehen, nach vorne kippen und mit einem dumpfen Schlag auf die Fliesen donnern. Er fühlt den Boden erbeben. Für einen unendlich scheinenden Moment hüllt Stille alles und alle ein.

Leander denkt an die Leute am Ufer des Arno, als sie das Unfassbare sahen.

»Terre Moto«, flüstert eine alte Dame neben ihm und faltet ihre winzigen Hände. Erdbeben!

Wie ein Lauffeuer rasen die Worte durch die Reihen. Als hätte jemand ein Kommando gegeben, drehen sich die Menschen vor Leander um. Er blickt atemlos in Hunderte entsetzter Augen. Fuori! Fuori! Alle wollen nur noch raus. Leander presst sich mit dem Rücken an eine Säule, weicht dem reißenden, drängenden Strom der Menschen aus. Keiner kommt in seine Nähe, keiner rempelt ihn an, tritt ihm auf die Füße oder berührt ihn auch nur. Da — ein schrilles Geräusch aus der Höhe des Kuppelbaus. Ein alter Mann deutet mit den Armen nach oben. Ein scharfes Knacken. Leanders Blick wird magnetisch zum Gewölbe emporgezogen. Das riesige, runde Fenster in dessen Mitte hängt nur noch an einem Scharnier und schaukelt hin und her. Panikschreie, ein schrecklicher Chor, gellt durch die Galleria. Eine Handvoll Museumsordner brüllt dagegen an. Die Männer gestikulieren wild und sinnlos in alle Richtungen. Sie befeuern mit ihrer Ohnmacht und Verwirrung das Chaos zu einem Inferno.

Leander kann seinen Blick nicht losreißen. Er ist vollkommen klar, beobachtet wie sich das Fenster leicht wie ein Blatt löst und herabfällt. Es kracht neben Davids Sockel auf den Boden und explodiert in Millionen Scherben. Leander sieht sie bersten und funkeln im Licht, sieht die aufgerissenen Münder der Menschen, denen die Splitter in die Haut fahren.

Ein Gesicht gehört Dr. Stüber, der seine Hand auf ein blutendes Auge presst. Wie in einem Stummfilm hört Leander keinen Ton, so als ob seine Ohren verschlossen wären.

Erst ein paar Sekunden später öffnen sie sich wieder und schrecklicher Lärm braust in sein Bewusstsein.

Die Menschen drängeln und schieben und schlagen aufeinander ein in dem rasenden Wunsch, aus dem einstürzenden Gebäude herauszukommen.

Leander steht auf den Scherben des Dachfensters und wirft einen Blick auf Davids Gesicht, der ungerührt und energisch wie seit mehr als fünfhundert Jahren in die Ferne blickt.

Dann dreht er sich um. Es ist höchste Zeit, die Galleria zu verlassen. Das hätte er längst schon tun sollen, aber das unfassbare Geschehen hat ihn seltsam ruhig werden lassen. Er rechnet jeden Moment mit einem erneuten Schwindelanfall. Aber es geht ihm so gut wie schon lange nicht mehr.

Da ertönt in seinem Rücken ein Aufschrei aus vielen Kehlen. Markerschütterndes Knirschen, urgewaltiges Donnern, tonnenschwerer Marmor lässt den Boden erbeben.

Leander erstarrt, wagt nicht, zurückzuschauen. Eine Frauenstimme übertönt mit ihrem Kreischen alle anderen.

Leander kennt die Stimme.

»Oh mein Gott, Carl!« Leander läuft es eiskalt den Rücken hinunter.

»Wo bleibt Carl?«, denkt er. Es ist Luisas Stimme, deren schrilles Kreischen alles übertönt.

Leander wartet auf Carl, der ihn an den Schultern packen und in die Wirklichkeit zerren wird. Sicher kommt er gleich.

»Es ist Carl!«, schreit Luisa und ihre Stimme überschlägt sich.

»Sicher kommt er gleich, um mich wachzurütteln«, denkt Leander. »Ganz sicher …«

Giraffen kann man nicht reiten

Die von gegenüber hatten schon wieder vergessen, ihre Jalousien zu schließen. Wer würde heute zuerst zuschlagen? Es glich einem Ritual, bei dem sie kein Wort redeten. Jeder schlug nur einmal. Danach beendeten sie das Frühstück und verließen die Wohnung im 42. Stock.

Ich trank meinen Kaffee aus und räumte ab. Während heißes Wasser in die Spüle lief, dachte ich an das Paar. Was zum Teufel sollte ihr Verhalten bedeuten?

Wenig später nahm ich meine Aktentasche und ging. Im zehnten Stock wartete ich auf meinen Kollegen. Seine Frau stand in der Tür.

»Arnie kommt heute nicht«, rief sie. Ich fuhr ins Erdgeschoss und trat ins Freie. Auf dem Weg zur U-Bahnstation kam ich an einem Buchladen vorbei, dessen Schaufenster immer gleich bestückt war. Zwischen Kunstbänden lag ein Kinderbuch mit gelbem Umschlag und blauen Lettern. »Giraffen kann man nicht reiten« war der Titel.

Auf der Treppe schlug mir warmer U-Bahndunst entgegen. Beim ersten Absatz saß ein Mann mit einem schwarzen Hut an der Mauer, vor sich einen Pappbecher. Ich warf einen flüchtigen Blick auf ihn. Montags warf ich immer einen Vierteldollar hinein, worauf der Hut leicht nickte.

Menschen eilten an mir vorbei, rempelten mich an. Die U-Bahn fuhr ein und ich beeilte mich. Eine Lautsprecherstimme stieß die übliche Warnung aus. Die Türen öffneten sich lautlos. Ein junger Mann kam mit einem Buch in der Hand angerannt. Er sprang in den Waggon, ließ seine Schultertasche auf den Boden fallen, klappte sein Buch auf und hielt es dicht vor sein Gesicht. Ich schnappte mir einen der von der Decke baumelnden Haltegriffe.

»Ein Meter vierundzwanzig, Maggie!«, sagte eine laute Stimme neben uns. Sie gehörte einer Frau mit einem rosa Hut.

»Ein Meter einundvierzig, Ben!«, sagte ein Mann mit Adlernase und dunkler Brille neben ihr. Die U-Bahn holperte zögernd durch ein paar enge Kurven und beschleunigte.

»Ein Meter achtzehn, Morris!«, sagte die Frau laut und deutlich wie ein Auktionator.

»Ein Meter null vier, Elisabeth-Sue!«, erwiderte ihr Mann.

»Nein, du irrst dich, sie war zuletzt ein Meter null sechs!«, sagte die Frau mit dem rosa Hut. Der junge Mann blickte kurz von seinem Buch auf. Der penetrante, alles übertönende Dialog ging weiter.

»Und ich sage: ein Meter null vier!«, beharrte der Mann und klopfte mit dem Zeigefinger störrisch auf sein Knie.

Die Frau mit dem rosa Hut verschränkte die Arme und kniff die Lippen zusammen. »Ich kenne meine Enkel«, sagte der Mann, »Elisabeth-Sue misst einen Meter null vier!«

Seine dunkle Brille funkelte, als das Neonlicht der nächsten Haltestelle in Sicht kam. Der junge Mann ließ das Buch sinken und starrte auf die Köpfe der beiden Alten.

»Von mir aus — dann eben ein Meter null vier! Dauert sowieso nicht lange und dann hab' ich wieder recht!«, sagte die Frau.

Der Waggon füllte sich. Ich rückte dem Studenten näher. Er hatte bisher noch keine Seite umgeblättert. Es schien ein schwieriges Buch zu sein.

»Wir wollen doch bei der Wahrheit bleiben, nicht wahr, und die lautet nun mal ein Meter null vier, auch wenn dir das nicht passt!«, sagte die Adlernase. Einige der neu Zugestiegenen drehten sich zu ihm um.

»Elisabeth-Sue wächst schnell! So schnell, dass du mit deiner ewigen Wahrheit nicht hinterherkommen wirst!«, zischte der rosa Hut. Er war leicht verrutscht.

»Harry!« brüllte die Adlernase. Die Türen schlossen sich, die U-Bahn beschleunigte und ich stieß mit meiner Schulter an das Buch des Studenten. Meine Entschuldigung nahm er nicht wahr.

»Einen Meter sechsunddreißig!«, tönte die Adlernase, »das ist Harry! Oder willst du etwas anderes behaupten?« Der rosa Hut zitterte.

Die U-Bahn nahm eine scharfe Kurve und bremste abrupt vor dem nächsten Halt. Der Student schlug sein Buch zu, bückte sich nach seiner Tasche und war dabei auf gleicher Augenhöhe mit den beiden.

»Sie haben also Enkel mit einer Gesamtlänge von sechs Metern und dreiundzwanzig, wenn ich das richtig verstanden habe!«, schleuderte er ihnen entgegen. »Vielen Dank für diese Information!« Das hatte nun wirklich jeder im Waggon mitbekommen. Er feuerte noch einen giftigen Blick ab, dann war er draußen und verschwunden.

»Und dabei haben wir Daisy noch gar nicht mitgerechnet!«, sagte der rosa Hut nach einer Weile.

»Die zählt nicht, die ist adoptiert!«, war die Antwort.

Wenig später war ich im Büro und startete den PC.

»Um zehn bei Kellerman! Seien Sie pünktlich!«, hatte Vera am Empfang mir entgegengefaucht. Kellerman war der Personalchef. Ich las die Namen auf meiner Telefonliste und verspürte keine Lust, sie anzurufen. Stattdessen ging ich in die Cafeteria. An der Fensterfront fand ich einen Platz. Jemand hatte eine Tageszeitung liegenlassen. Ich schlürfte meinen schwarzen Kaffee und las die Schlagzeilen. Nach einer Weile schob ich die Zeitung beiseite und starrte aus dem Fenster. Kurz vor zehn stand ich auf.

Am nächsten Morgen hatte das Paar von gegenüber die Jalousien zur Hälfte geschlossen, so dass ich ihre Gestalten nur schemenhaft erkennen konnte. Ein Schemen holte aus und schlug zu. War es die Frau oder der Mann?

Ich drückte den Knopf der Espressomaschine und sah zu wie der schwarze Saft in meine Tasse tröpfelte. Gedankenverloren nahm ich die Tasse und schüttete den Inhalt in den Ausguss. Ich ging ins Schlafzimmer und wählte irgendein Hemd und einen Anzug.

Meine Aktentasche stand neben der Eingangstür. Ein gelbes Buch mit blauen Lettern lag darin. Ich nahm meinen Reisepass zur Hand, betrachtete das Foto, roch an dem roten Einband aus billigem Kunstleder, blätterte durch die Seiten. Viele leere Seiten.

»Wohin?«, fragte der Taxifahrer, ein weißhaariger Mann, der wie ein Indianer aussah. Ich saß hinten. Dort roch es nach Räucherstäbchen.

Ich war ins Bad gegangen, hatte mein bleiches Gesicht im Spiegel angesehen, das Licht ausgeknipst, die Aktentasche geschnappt und war gedankenlos zum Fahrstuhl marschiert.

Am Straßenrand stand der Bettler mit dem schwarzen Hut. Eine weiße Limousine fuhr heran. Die hintere Wagentür öffnete sich. Der Bettler zwinkerte mir zu und stieg ein. Verwirrt blieb ich einige Minuten stehen und starrte auf das Graffiti an der Mauer. Schließlich hob ich den Arm. Gleich das erste Yellow Cab hielt.

»Wohin solls gehen?«, wiederholte der Fahrer.

»Sind Sie Indianer«, fragte ich. Der Fahrer drehte sich zu mir um.

»'Ne echte Rothaut, weißer Mann. Also – wohin reiten wir?«

»Zum Flughafen.«

»Und welcher darf's sein?«

»JFK.«

»Allright, also John F. Kennedy. Haben wir es eilig?«

»Würde das was ändern?'' Der Weißhaarige grinste und drehte sich wieder um. Er fädelte zügig in den dichten Verkehr ein.

John F. Kennedy. Jedes Mal bei dem Gedanken an das Attentat ging mir eine Frage durch den Kopf: Woran hatte der Präsident in der letzten Sekunde gedacht, bevor ihn die Schüsse trafen?

Woran hatte Kellerman gestern gedacht, bevor er mich feuerte?

»Mister Oswald übernimmt Ihre Kunden«, warf er mir hin. »Sie sind ab sofort freigestellt.« Ausgerechnet Arnie!

Kellermans linke Hand spielte mit seinem teuren Füllfederhalter. Er schob mir ein Blatt zu.

Meine Hand klopfte das Jackett nach einem Kugelschreiber ab während ich Kellermans Füller anstarrte. Seine Ungeduld kroch in meinen Nacken. Schließlich hatte ich einen Stift gefunden und unterschrieben, ohne ein Wort zu lesen. Wortlos verließ ich Kellermans Büro.

Der weißhaarige Indianer begegnete meinem Blick im Innenspiegel. Als der Verkehr stockte, fragte er mich, wohin ich fliegen wollte. Ich hatte keine Ahnung

»Machen Sie mir einen Vorschlag«, sagte ich aus einer Laune heraus. Der Indianer lachte laut auf. Dann legte er seine Stirn in Falten. Er schien die Aufforderung ernst zu nehmen. Ich vermied den Blickkontakt mit ihm, wollte ihn nicht in seinen Überlegungen stören. In den nächsten Minuten entschied sich womöglich, was ich nicht entscheiden wollte.

Wir hielten an einer Ampel. Er fixierte mich im Rückspiegel.

»Gut, weißer Mann, hier ist mein Vorschlag: …«

»Hören Sie«, unterbrach ich ihn, »ich hab' das eigentlich nicht ernst …«

Der Indianer hob die rechte Hand und brachte mich zum Schweigen.

»In Ihren Augen kann ich lesen, dass Sie weit wegwollen. Sie sehen aus, als könnten Sie sich das leisten.« Er machte eine Pause. »Schon mal in Afrika gewesen?« Ich schüttelte den Kopf. Er drehte sich zu mir um.

»Nairobi. Sie werden es mögen.«

»Waren Sie denn schon mal da?«

»Seh' ich so aus, Mann? Meine Taxifahrertantiemen reichen gerade mal für ein Busticket nach Hause.«

»Und wo ist das?«

»Arizona. Der Wilde Westen.«

»Wie kommen Sie auf Nairobi?«

»Da gibt es Giraffen, Mann. Hab' 'ne Doku gesehen. Kenia! Mächtig viel Gegend!«

»Komisch, dass Sie gerade Giraffen erwähnen.«

»Hab' noch keine gesehen. In freier Wildbahn mein' ich. Wie es aussieht, werd' ich darauf wohl noch 'ne ganze Weile warten müssen.«

Wir waren kaum zehn Meter vorangekommen. »Wir stecken fest«, sagte er.

Ich nickte nur und ließ mir seinen Vorschlag durch den Kopf gehen.

Er drehte sich zu mir um und schnalzte mit der Zunge. »Bis zum Airport kann's ziemlich teuer werden. Sie könnten natürlich aussteigen und die U-Bahn nehmen.« Ich wartete ab. »Ich mach' Ihnen noch 'nen Vorschlag, Mann. Klingt ein bisschen verrückt, aber ich hab' das Gefühl, dass Sie der Richtige dafür sind. Wir stehen jetzt bei sechsunddreißig Dollar. Ich mach' Ihnen 'nen Festpreis von vierzig Dollar und dafür fliegen Sie für mich nach Kenia zu den Giraffen.« Ich dachte nach.

»Wie heißen Sie?«

»Sam«, sagte er und sah mich seelenruhig an. Ich konnte seinem Blick nicht ausweichen. Plötzlich wusste ich, was richtig war.

»Gut, Sam. Der Deal gilt. Aber ich gebe Ihnen fünfzig Dollar.«

»Ist das Ihr Ernst, Mann?« Ich nahm fünf Scheine aus meiner Brieftasche und streckte sie ihm entgegen. Er nahm das Geld, faltete es fast andächtig und steckte es weg.

»Haben Sie ein Smartphone, Sam?«

»Yeah, weißer Mann.«

»Gut, ich gebe Ihnen ein Rauchzeichen, sobald ich vor einer Giraffe stehe.«

»Und ich hol' Sie vom Flughafen ab, wenn Sie wieder zurück sind. Wir gehen was trinken und Sie erzählen mir von den Giraffen.«

»Hört sich vernünftig an.«

»Ist die vernünftigste Abmachung, von der ich je gehört habe«, sagte Sam und hob die Hand. Ich schlug ein.

Sam widmete sich grinsend wieder dem Slalom durch die New Yorker Rushhour. Ich lehnte mich zurück und schaute aus dem Fenster.

»Ich werde gefeuert und hab' nichts Besseres zu tun, als nach Afrika zu fliegen«, dachte ich. »Mit einem Kinderbuch als Gepäck. Giraffen!«

An einem Zebrastreifen prügelten sich zwei Männer in Anzug und Krawatte. Ihre Aktentaschen lagen achtlos auf der Fahrbahn. Niemand mischte sich ein. Ich nickte und Sam sah mich grinsen. »Meine beste Entscheidung seit Ewigkeiten!«, dachte ich.

Beim Boarding stand ein etwa zehnjähriger Junge mit grünem Rucksack vor mir. Er flog offensichtlich ohne Begleitung.

Wenig später saßen wir nebeneinander.

»Ich bin schon oft allein geflogen, Sie brauchen nicht auf mich aufzupassen«, sagte er.

»Das hatte ich auch gar nicht vor«, erwiderte ich. »Wie heißt du?«

»Für diesen Flug habe ich mir Vincent ausgesucht. Mein Dad sagt, ich soll ja nicht meinen richtigen Namen sagen. Also denk' ich mir bei jedem Flug einen anderen aus.«

»Kluger Mann, dein Dad.«

»Und wie heißen Sie?«

»Marlon.«

»Wie Marlon Brando? Haben Sie sich den auch ausgedacht?«

»Nein, den hat mein Dad bestimmt. Aber er war tatsächlich ein Fan von Brando.« Vincent nickte. Dann vertiefte er sich in ein dickes Buch, das er aus seinem Rucksack hervorgekramt hatte. Er hörte erst zu lesen auf, als die Stewardessen begannen, Getränke und Essen zu verteilen.

»Kennen Sie Virginia Woolf?«

»Wie bitte?«

»Wer hat Angst vor Virginia Woolf‹, kennen Sie das? Ist ein Theaterstück. Ziemlich berühmt glaub' ich.« Ich nickte etwas verwirrt.

»Wie kommt es, dass du solche Stücke kennst?« Vincent zuckte mit den Schultern.

»Vielleicht bin ich ein Wunderkind oder sowas.«

»Ein Wunderkind sagt nicht, dass es ein Wunderkind ist.«

»Dann bin ich eben kein Wunderkind. Aber ich hab' das Stück gesehen. Gestern Abend. Am Broadway.«

»Auch allein, vermute ich.« Vincent nickte.

»Wenn Sie das Stück kennen, dann wissen Sie ja, dass die beiden Hauptpersonen sich nicht besonders gut verstehen.«

»Du meinst das Ehepaar, das sich immer streitet.« Vincent nickte eifrig.

»Die haben das gestern Abend nicht gut gemacht. Sie haben es eben nur so gespielt und hinterher gehen sie zusammen was essen oder trinken, das hat man gemerkt, jedenfalls bis zu der Szene, wo sie sich schlagen.« Ich versuchte, mich an die Handlung zu erinnern. »Das war nicht gespielt. Ich meine, im Film haben sie für sowas Stuntleute, die so tun als ob, aber im Theater funktioniert das nicht. Die haben richtig zugeschlagen. Ohrfeigen. Hat mir beim Zusehen schon wehgetan. Die müssen das sicher lange geübt haben.« Vor meinem geistigen Auge blitzte die allmorgendliche Szene des Paares von gegenüber auf. Plötzlich gab es für das Verhalten der beiden eine Erklärung.

»Du hast Recht. Natürlich. Das war der Grund«, murmelte ich erleichtert. Die Stewardess kam. Vincent wünschte einen Orangensaft. Ich nahm den Rotwein. Ich hoffte, dass Vincent mich in Ruhe essen lassen würde und er tat mir den Gefallen.

»Halt die Klappe beim Essen, sagt mein Dad. Ist eins von den drei Geboten.«

»Verstehe, das mit deinem Namen ist wohl das Zweite. Und wie lautet das Dritte?«

»Hab' ich grad vergessen.« Das war eine glatte Lüge. Ich spürte das an der Art, wie Vincent sein Buch hervorholte und vorgab, zu lesen.

Außerdem vergisst ein Junge seiner Art so etwas nicht. Ich holte mein eigenes Buch hervor und studierte den Einband. Der Name des Autors fehlte merkwürdigerweise.

»Was werden Sie in Afrika tun?«, fragte Vincent.

»Ich hab keine Ahnung. Ich weiß nur, dass ich mir Giraffen anschauen werde für einen guten Freund, der das nicht kann.«

»Aber Sie wollen sie doch nicht reiten, oder?«, fragte Vincent und deutete mit dem Finger auf mein Buch.

»Naja, jeder weiß doch, dass das nicht geht«, behauptete ich.

»Ziemlich bunt, das Buch. Ist es für Kinder?«

Ich nahm das Buch und wog es in der Hand. Wie gerne hätte ich es geschrieben. »Sie brauchen mir nicht zu antworten, wenn Sie nicht wollen«, sagte Vincent.

»Es ist für Leute, die gerne etwas Verrücktes lesen.«

»So einer bin ich. Das hier ist langweilig. « Ich schob das gelbe Buch mit der blauen Schrift auf Vincents Klapptisch.

»Ich darf's lesen?«, fragte er und strahlte mich an. Er klappte das Buch in der Mitte auf und steckte seine Nase hinein.

»Das machst du wohl, um dich mit dem Buch anzufreunden.«

»Woher wissen Sie das?« Ich tippte wortlos an meine eigene Nase. Er verstand.

»Was arbeiten Sie eigentlich? Ich weiß, dass man sowas nicht fragen soll, aber wissen möcht' ich's schon. Von Ihnen ganz besonders.« Ich überlegte kurz.

»Ich erfinde Geschichten.«

»Mein Dad sagt, wer sich was ausdenkt, der lügt.«

»Bei mir ist das anders. Ich denke mir was aus und schreib' es auf und wenn ich sehr sorgfältig und besonders genau bin, wird es zu einer Wahrheit. Einer besonderen Wahrheit.«

»So wie bei diesem hier? Das ist doch von Ihnen?«

Ich zögerte nur eine Sekunde, dann nickte ich einfach. Der Junge schaute mir in die Augen.

»Darf ich Sie noch was fragen?« Ich leerte meinen Rotwein.

»Sicher.«

»Ich hab' mal gelesen, dass die Seele eines Menschen viel älter sein kann, als sein Körper.« Ich sah in meinen leeren Becher und wartete. »Glauben Sie, dass …, könnte es sein, dass ich …, dass es bei mir …?« Vincent brach ab. Ich legte ihm die Hand auf den Unterarm.

»Wir sind zwischen Himmel und Erde, und da ist alles möglich.«

Vincent schaute mich lange an, dann nickte er und vertiefte sich in das Buch.

Ich wurde schläfrig. Das schwere Essen, der ungewohnte Rotwein, das ungewohnte Lügen. Ich schloss die Augen. Kurz bevor ich einnickte hörte ich eine Männerstimme fragen: »Hat das was zu bedeuten?« Ich wollte die Augen nicht öffnen. Mein Sitz sackte unter mir weg.

Zehntausend Meter weiter unten deutete der Sohn eines Skippers mit seinem Arm in den Himmel.

Sein Vater reagierte nicht. Er stand im Heck des Bootes über den Motor gebeugt, in einer Hand einen Schraubenschlüssel und versuchte, mit der anderen zu telefonieren. Verärgert drehte er sich zu seinem Sohn um, sah ihn wie eine Galionsfigur mit erhobenem Arm am Bug stehen.

Er hob seinen Blick in den Himmel.

»Madre Dios«, flüsterte er. Ein feuerspeiender Drache, der dunkle Qualmwolken wie einen riesigen Umhang hinter sich herzog, durchpflügte das lichte Blau. »Madre Dios«, flüsterte er noch einmal.

Ich schlug die Augen auf. Überall hingen Sauerstoffmasken von der Decke. Von der Durchsage des Kapitäns hatte ich nichts mitbekommen. Ich hörte hektisches Gemurmel, leise Schreie. Meinen eigenen Herzschlag! Die Passagiere deuteten nach draußen. Die Stewardessen lächelten nicht mehr.

Die Kabine bekam plötzlich eine Schräglage. Ich griff nach der Sauerstoffmaske, die vor meiner Nase baumelte. Vincent hatte seine schon aufgesetzt. Seine Stirn unter den blonden Haaren war ganz weiß. Vor den Fenstern auf unserer Seite war schwarzer Qualm, aus der Tragfläche und dem Triebwerk schlugen Flammen.

Ich schaute nach rechts. Die Passagiere hatten sich alle nach vorn gebeugt und die Arme über den Kopf gelegt, wie im Film. »Das gibt es also wirklich«, dachte ich. Eine kleine Hand tastete nach meiner, schob sich zwischen meine Finger. Ich hörte Vincents Stimme wie aus weiter Ferne.

»Das ist das dritte Gebot von meinem Dad: Falls wir abstürzen, soll ich nach der Hand greifen, die mir am nächsten ist, die Augen schließen und mir vorstellen, es wäre seine.«

Ich blickte auf unsere Hände. In diesem Moment kippte die Kabine steil nach unten. Alles schrie. Der Sturzflug begann. Ich schloss die Augen und wartete auf meinen letzten Gedanken. Anders als Kennedy wusste ich, dass es mein letzter sein würde.

Meine linke Hand schmerzte. Hinter mir rülpste jemand. Ein Mädchen kicherte.

»Aber das ist falsch, ganz falsch!« Das war Vincents empörte Stimme. »So können Sie die Geschichte nicht ausgehen lassen!« Er grub seine Fingernägel tief in meine Hand. »Hören Sie mich überhaupt? Jetzt werden Sie endlich wach!« Ich schlug die Augen auf und starrte in Vincents erhitztes Gesicht. Er hielt mir das Buch vor die Nase und legte es dann heftig auf den Klapptisch. »Also, das Buch fängt ja ganz gut an, mit dem Paar am Fenster und so, aber der Schluss gefällt mir überhaupt nicht. So kann die Geschichte nicht aufhören. Sie müssen sich was Neues ausdenken!«

»Kein Absturz?«, hörte ich mich heiser fragen. Vincent schüttelte den Kopf. Eine Stewardess kam lächelnd näher.

»Möchten Sie einen Kaffee?« Ich fuhr mit der Hand über mein Gesicht.

»Ja, das ist eine gute Idee.«

»Ich glaub' ich muss mal«, sagte Vincent.

Ich stand auf, um ihn vorbeizulassen. Als ich mich wieder setzte, fragte eine tiefe Männerstimme hinter mir:

»Hat das was zu bedeuten? Da draußen, diese Rauchfahne. Hat das was zu bedeuten?«

Ich sah durch die Scheibe. Ich dachte an Virginia Woolf, an Kellerman, an den Bettler, an Vincents Dad. Ich dachte an Sam, den Indianer. Und plötzlich wusste ich, wie die Geschichte ausgehen würde.

Die Sache mit Leslie James

›Leslie James verkaufte ihr Haus und ging fort‹, mehr stand da nicht. Zwischen den Inseraten für Gebrauchtwagen nur dieser eine Satz. Schwarz eingerahmt mit Datum wie bei einer Todesanzeige. Ich trank meine Tasse aus, und starrte durch die schmierige Scheibe des Schnellrestaurants. Die Kellnerin kam mit einer Kanne und füllte meine Tasse mit lauwarmem Kaffee.

»Kennen Sie Leslie James?«, fragte ich sie und schaute dabei in ihr sommersprossiges Gesicht. Sie schob eine fettige, rotblonde Haarsträhne hinter ihr Ohr. Auf ihrer Schürze war ein großer, senfgelber Fleck. Wortlos begann sie, die leeren Teller zu stapeln. Ich schob ihr die Zeitung hin. »Die hier meine ich, Leslie James. Haben Sie von ihr schon mal gehört?« Die Kellnerin schüttelte den Kopf. Sie nahm die Teller und verschwand schwerfällig in Richtung Küche.

»Kann ja auch ein Mann sein.« Die Stimme kam vom Nebentisch. Ich drehte mich um und sah einen breiten Rücken, der in einem karierten Flanellhemd steckte. Der Mann hielt den Kopf über seinen Teller gebeugt. »Leslie ist auch 'n Männername.«

Nach jedem Satz schlürfte er geräuschvoll einen Löffel seiner Suppe.

»Aber da steht ›ihr‹ Haus«, beharrte ich.

»Ich würde nicht alles glauben, was da steht«, sagte der Mann zu seinem Suppenteller.

»Wie meinen Sie das?« Er schlürfte zwei weitere Löffel, bevor er mir antwortete.

»Druckfehler. ›Das‹ Haus müsste dort stehen, nicht ›ihr‹ Haus.« Eine Weile schwiegen wir beide mit dem Rücken zueinander. Als er mit seiner Suppe fertig war, rief er:

»Maggie!« Die blonde Kellnerin erschien und brachte ihm zwei gefüllte Teller: Pfannkuchen mit Ahornsirup, Apfeltorte mit Vanilleeis und Sahne.

»Rede nicht so einen Blödsinn, Stuart, du weißt genau, dass es ›die‹ Leslie war«, sagte sie und nahm den leeren Suppenteller mit.

»Also kennen Sie sie doch«, rief ich ihr hinterher. Sie verschwand durch die Schwingtür in die Küche.

Was solls, dachte ich, schob die Zeitung zur Seite und kramte nach ein paar Münzen. Ich legte zwei Dollar plus Trinkgeld hin, dann stand ich auf.

»Die kennt hier jeder«, brummte der Mann im Holzfällerhemd. Er goss Ahornsirup über einen Pfannkuchen und zerteilte ihn mit der Gabel. Kurzentschlossen setzte ich mich ihm gegenüber auf die cremeweiße Kunstledersitzbank. Er konzentrierte sich auf sein Essen. Die Kellnerin beobachtete uns über die Schwingtür hinweg. Ich sah dem Mann, der Stuart hieß, beim Essen zu. Er hielt seinen Kopf tief über den Tisch gebeugt, so dass die Gabel nur einen kurzen Weg hatte. Sein Mund war hinter einem dichten, schwarzen Vollbart verborgen. Die Haltung seines massigen Körpers signalisierte: Stör mich nicht!

Schließlich war er mit den Pfannkuchen fertig, schob den Teller zur Seite und zog die Apfeltorte mit Sahne zu sich heran. Das Eis war zu einem großen Teil geschmolzen und bildete einen kleinen See von der gleichen Farbe, wie die Kunstledersitzbank. Gerade als ich wieder aufstehen wollte sagte er:

»Die ist einfach weggegangen.« Ein großes Stück Apfeltorte verschwand in seinem Mund. Er kaute langsam, schluckte ein paar Mal und wartete einen Moment mit der nächsten Gabel. »Ist weg und hat uns alleingelassen. So war das«, sagte er. Außer uns beiden war niemand mehr in dem Lokal. Ich schaute auf die Uhr. Es war fast zwei. Die Mittagspause war für die meisten schon längst vorbei. Nur für Stuart nicht, der gerade einen Löffel voll Sahne zu seinem Mund führte.

Wir waren im guten alten Wilden Westen, ein Stück westlich von Laramie. Den Namen kannte ich aus meiner Kindheit, als Westernfilme für mich verboten waren.

Ich wollte nach Kalifornien, hatte Zeit und fand einen Zwischenstopp im legendären Laramie reizvoll. Keine Ahnung, was ich erwartet hatte. Einen Saloon, vor dem man sein Pferd anbinden konnte? Ein

Sheriff-Büro? Eine Schießerei? Jedenfalls sah mir Laramie viel zu wenig nach Western aus. Enttäuscht und hungrig fuhr ich auf dem Highway 80 weiter in westlicher Richtung und landete nach einer Stunde in diesem winzigen Nest. Old Bear Mountain stand auf dem verwitterten Ortsschild. Es gab nur einen Schnellimbiss und er hatte sogar geöffnet.

»Arbeiten Sie hier in der Gegend?«, fragte ich. Der nächste mit Sahne gehäufte Löffel näherte sich dem schwarzen Vollbart und verharrte in der Luft, als müsste Stuart über diese Frage ernsthaft nachdenken. Er steckte den Löffel in den Mund, was ihm weitere Zeit zum Nachdenken verschaffte.

»Welche Gegend meinen Sie genau?«. Ich zuckte mit den Schultern.

»Ach wissen Sie, das geht mich wahrscheinlich alles gar nichts an. Ich dachte nur, wo wir uns gerade über Leslie James unterhielten ...«

Ein weiterer Löffel voller Sahne blieb auf halber Höhe in der Schwebe und jetzt sah mich der Mann zum ersten Mal an.

»Sind Sie Fotograf?«, wollte er wissen. Er musste die Tasche mit meiner Ausrüstung bemerkt haben. Ich nickte. Stuart widmete sich weiterhin ausgiebig der Sahne, die er langsam weglöffelte. Das Vanilleeis schien ihn nicht zu interessieren. Nach ein paar Minuten schob er den Teller zur Seite. Dann rief er laut:

»Maggie!« Die Kellnerin kam mit der lauwarmen Brühe, die sie hier als Kaffee bezeichneten. Sie stellte eine Tasse vor ihn hin und füllte sie wortlos. Dann räumte sie die beiden Teller ab. Der senfgelbe Fleck auf ihrer Schürze war größer geworden. Stuart stellte die Tasse zur Seite. Offensichtlich war er der gleichen Meinung wie ich, dass der Kaffee nur kalt zu genießen war. Er zog ein Päckchen Zigaretten und ein Feuerzeug aus der Brusttasche und zündete sich eine an.

»Die meisten hier halten mich für den Sheriff«, sagte er und nahm einen tiefen Zug, wobei er seinen Blick über die parkenden Autos schweifen ließ, zumeist Pickups.

»Wie viele Einwohner hat die Stadt denn«, wollte ich wissen, um das Gespräch am Köcheln zu halten. Er ließ sich Zeit mit seiner Antwort, wie mit allem, probierte den Kaffee, ohne das Gesicht zu verziehen und sagte schließlich:

»Keine Ahnung. Das hat nie jemanden interessiert.« Ein großer, dunkelroter Jeep fuhr auf den Parkplatz. Stuart beobachtete ihn gleichgültig. Der Fahrer ließ den Motor laufen und stieg nicht aus. Die halb gerauchte Zigarette verschwand in Stuarts dichtem Vollbart. Er ließ sie mit einem langen Zug aufglühen und drückte sie auf einem Unterteller aus. Er ließ den Rauch durch die Nase entweichen und sagte: »Auf keinen Fall mehr als zweihundert.«

Ich warf einen Blick zu der Schwingtür. Von Maggie war nichts zu sehen. Der Fahrer des roten Jeeps hatte jetzt den Motor abgestellt, aber er stieg immer noch nicht aus. Ich wusste nicht, was ich sagen sollte, aber das Schweigen, das sich auf dem Unterteller mit Stuarts Zigarettenasche zwischen uns niedergelassen hatte, war angenehm.

Also blieb ich einfach sitzen, schaute ab und zu aus dem Fenster und bemerkte plötzlich, dass der rote Jeep leer war. Wo war der Fahrer geblieben? Ich hatte ihn nicht aussteigen sehen. Stuarts ruhige Stimme schreckte mich aus meinen Überlegungen auf.

»Leslie hätte nicht gehen dürfen.« Er brachte mich auf einen neuen Gedanken.

»Wo steht denn das Haus, das sie verkauft hat?« Vielleicht gab es ja ein interessantes Motiv ab. Stuart warf mir einen langen Blick zu.

»Das werde ich Ihnen sicher nicht sagen«, brummte er. Allmählich wurde mir die Sache zu dumm. Ich beschloss, aufzubrechen. Es war noch hell genug, um ein gutes Stück hinter mich zu bringen.

Die Kellnerin kam schwerfällig in ihrer schmutzigen Schürze an meinen Tisch geschlurft, schob die Münzen, die ich hingelegt hatte mit einer Hand von der Tischplatte und fing sie mit der anderen auf. Über ihr fettiges, rötliches Gesicht liefen dünne bleiche Streifen. Sie weinte lautlos und ging langsam zurück in ihr Versteck. Ich stand auf und stützte mich mit beiden Händen vom Tisch ab. Stuart hielt seinen Kopf gesenkt, seine Hände lagen flach auf dem Tisch.

»Maggie hat es am meisten getroffen«, sagte er leise. Ich griff nach meiner Fototasche und hängte sie mir um.

Er warf mir einen kurzen Blick zu und nestelte an seiner Brusttasche. Die Zigaretten waren alle.

»Maggie!«, rief er und ließ das Päckchen auf den Tisch fallen. Er sah mich an.

»Wissen Sie, wo ich gern mal hinfahren würde?«, fragte er. Ich hatte keine Lust mehr auf eine weitere Unterhaltung.

»Ich muss weiter«, sagte ich und blieb stehen. Die Kellnerin kam mit einem Päckchen Stuyvesant an den Tisch. Sie musste an seinem Tonfall gehört haben, was er wollte.

Sie wich meinem Blick aus. Ihre bloßen Unterarme waren mit langen, dünnen Kratzern übersät. Katzen? Fingernägel? Wessen Katzen? Wessen Fingernägel? Sie ließ die Zigaretten neben seiner Tasse auf den Tisch fallen.

»Heute ist der Dreißigste, Stuart«, sagte sie in einem quengelnden Ton.

Er griff nach dem Päckchen und riss es auf.

»Ich weiß, Maggie, ich weiß, dass heute der Dreißigste ist. Dieser Monat hat einunddreißig Tage«, sagte er und klopfte eine Zigarette heraus. »Also werde ich morgen bezahlen, Maggie.«

Sie stutzte einen Moment und spitzte die trockenen Lippen.

Ihre kleinen Augen wanderten ein paar Mal rasch von links nach rechts und wieder zurück.

Er zündete seine Zigarette an und legte das Feuerzeug genau zwischen die Zigarettenschachtel und seine Tasse.

Sie drehte sich wortlos um und bezog wieder ihren Posten hinter der Schwingtür.

Er nahm zwei, drei Züge, während ich immer noch vor seinem Tisch stand und mir ziemlich blöd vorkam. Wie in einer Prüfung, die ich nicht bestehen würde.

»Amerika«, sagte er ruhig, »ich würde sehr gern mal nach Amerika fahren.«

Er trank einen Schluck von dem Kaffee, der immer noch nicht kalt genug sein konnte. Ein Irrer. Ich schüttelte den Kopf und griff nach dem Schulterriemen meiner Fototasche. Sie war ziemlich schwer. »Amerika«, sagte er, »stattdessen bin ich hier in dieser verlorenen Stadt und denk mir Geschichten aus. Geschichten, in denen Leslie James vorkommt, zum Beispiel. Und ein junger Fotograf.«

Er warf mir einen eigenartigen Blick zu.

Der junge Fremde mit seiner Fototasche schaute mich perplex an. Damit hatte er nicht gerechnet. Aber das war mir egal. Ich hatte ohnehin zu viel geredet. Und zu viel gegessen. Ich trank den Kaffee. Draußen parkte immer noch der dunkelrote Jeep. »Ist das dort wieder Kenny?«, rief ich. Maggie kam aus ihrer Küche geflitzt. Na ja, so konnte man das wirklich nicht nennen. Aber sie kann eben nicht anders. Seit damals. Sie stellte sich an die Glastür und spähte hinaus.

»Sieht ganz danach aus, Stuart«, sagte sie und putzte sich die Nase. »Das ist sein Wagen. Das ist ganz bestimmt sein Wagen.« Ich seufzte. Wahrscheinlich hatte er sich darunter versteckt. Unter seinem nagelneuen Wagen. Das war so seine Gewohnheit.

»Ich halte Sie nicht auf«, sagte ich zu dem jungen Fotografen. »Sie haben noch einen weiten Weg vor sich, könnte ich mir vorstellen.« Er schüttelte den Kopf und schob den Tragriemen seiner Fototasche von der Schulter. Dann setzte er sich wieder an meinen Tisch und schaute mich aus leeren Augen an. »Bring dem jungen Mann hier auch 'ne Tasse«, sagte ich zu Maggie, die immer noch an der Glastür stand. Sie drehte sich um und warf mir einen eigenartigen Blick zu.

Warum geht er nicht endlich raus und schaut nach Kenny, dachte ich. Stuart lässt sich einfach immer zu viel Zeit. Er soll mich nicht immer Maggie nennen. Das hab' ich ihm schon tausendmal gesagt. Magdalen ist mein Name. Das ist ein sehr schöner Name. Ich hab' ihn von Leslie. Vorher hatte ich den Namen noch nie gehört. Leslie wusste viele solcher Namen.

Morgen ist der einunddreißigste. Das hatte ich vergessen. Ich vergesse immer alles. Nur was Leslie gesagt hat, vergess' ich nicht. Sie hat gesagt: Du heißt ab sofort Magdalen. Jetzt hat der Junge sich wieder hingesetzt. Der weiß auch nicht was er will. Was will so einer überhaupt in dieser Gegend? Was er wohl in dieser Tasche mit sich herumschleppt? Geht mich ja eigentlich gar nichts an. Ich warf ihm einen kurzen Blick zu und er nickte. Also ging ich zurück, um ihm eine Tasse zu bringen.

»Sieh doch mal nach Kenny«, sagte ich zu Stuart, »du weißt doch, was er immer macht. Das ist nicht gut.« Stuart stand langsam auf.

Die Zigaretten und das Feuerzeug ließ er liegen, das hab' ich genau beobachtet. Mir entgeht so leicht nichts. »Halt immer die Augen offen, achte auf alles«, hat Leslie gesagt. Und ich hab' ihr zugehört und mir alles gemerkt. Als ich dem Jungen die Tasse brachte und einschenkte, guckte er mich an, als ob er mich noch nie gesehen hätte.

»Ich bin Magdalen«, sagte ich zu ihm, aber er nickte nur und sagte mir seinen Namen nicht. Dann deutete er mit dem Finger nach draußen.

»Was macht denn dieser Kenny, was nicht gut ist?« Ich wusste nicht recht, ob ich es ihm sagen sollte und wischte mit dem Lappen um die Tassen und die Zigaretten und Stuarts Feuerzeug herum. Dabei fiel mein Blick nach draußen. Stuart hatte Kenny geholfen aufzustehen und einen Arm um seine Schultern gelegt. Sie kamen auf die Eingangstür zu.

»Er legt sich unter sein Auto. Das ist ganz neu, sein Auto. Es hat eine Stange Geld gekostet. Er fährt aber immer nur ein kurzes Stück damit«, sagte ich zu dem Jungen. »Und dann steigt er aus und legt sich darunter.«

Ich zuckte mit den Schultern. Jetzt hatte ich es eben gesagt. Das wird schon in Ordnung sein. Leslie hat gesagt, man soll immer die Wahrheit sagen, aber die Wahrheit nicht immer. Ich glaube, das habe ich schon verstanden. Jetzt sagt er gleich wieder Maggie zu mir. Wo ich doch Magdalen heiße.

Stuart kam mit Kenny herein. Sie setzten sich an den Tisch, wo der Junge saß, und wo Stuarts Zigaretten und sein Feuerzeug auf ihn warteten.

»Bring ihm auch eine Tasse, Maggie, Kenny kann's gebrauchen. Ist ganz schön kalt draußen.«

Ich wusste es: Maggie! Aber ich wollte keinen Streit anfangen. Sei friedlich mit allen, hat Leslie gesagt, sie haben einen harten Kampf vor sich. Das hab' ich nicht richtig verstanden. Aber ich versuchte trotzdem, keinen Streit mit Stuart anzufangen und ging in die Küche. Ich passte aber gut auf hinter meiner Tür, damit ich alles mitbekam.

»Das ist Kenny«, sagte Stuart zu dem Jungen und dann begrüßten sie sich.

»Sind Sie neu hier?«, fragte Kenny.

»Nein«, sagte der Junge, »eigentlich wäre ich schon lange weg, ich muss nach Kalifornien.«

»Liegt das nicht in Amerika?«, fragte Stuart. Ich brachte die Tasse für Kenny an den Tisch.

»Du solltest dich nicht immer unter dein Auto legen«, sagte ich zu ihm, »das ist nicht gut.«

Er warf mir einen eigenartigen Blick zu.

Maggie muss immer gute Ratschläge erteilen. Das kommt daher, weil sie immer bei Leslie herumhockte und ihr stundenlang zuhörte. Ich schaute mir diesen fremden Schnösel gegenüber genau an. Piekfein angezogen, schleppt 'ne protzige Tasche, mit sich herum. Wahrscheinlich Bücher drin, wahnsinnig schlaue Bücher. Ist wahrscheinlich ein wahnsinnig schlauer Typ. Viel zu schlau um mir in die Augen zu sehen. Was will der bloß in Kalifornien?

»Maggie!«, rief ich, »Der Kaffee ist nicht heiß genug. Bring mir 'ne neue Tasse. Ganz heiß will ich ihn haben.« Dann rief ich noch: »Wär' wahnsinnig nett von dir!« Man soll ja immer höflich sein.

»Was wollen Sie in Kalifornien? Ist doch 'n riesiges Land«, sagte ich. »Ich wüsst' gar nicht, wo ich da hinfahren soll mit meinem Jeep. Toller Wagen, der Jeep. Dunkelrot und nagelneu.«

Der Schnösel guckte raus auf den Parkplatz durch die schmierigen Scheiben. Maggie sollte wirklich mehr auf Sauberkeit achten.

»Den hab' ich schon bewundert«, sagte der Schnösel.

Wahrscheinlich wollte er auch nur höflich sein. Wahnsinnig höflich. Dann nippte der Schnösel an seiner Tasse Kaffee, der musste ja schon ganz kalt sein und sagte: »Ich fahr nach San Diego, ich habe da einen Auftrag.« Stuart mischte sich ein. Natürlich, der musste sich ja immer einmischen. Hält sich für'n Sheriff. Wahnsinnig neugieriger Sheriff. Deswegen sagte er auch prompt:

»Davon haben Sie mir aber vorhin nichts gesagt.« Typisch Stuart. Gefällt ihm gar nicht, wenn man ihm was nicht sagt. Der Schnösel wurde beinahe rot. Ich fasste es nicht.

»Was fahr'n Sie für'n Wagen?«, wollte ich von ihm wissen. Vielleicht wurde er ja nochmal rot. Man kann nie wissen. Gefällt mir gut, wenn den Leuten was peinlich ist. Mir ist nie was peinlich, aber den Leuten ist immer irgendwas peinlich. Man muss es nur rauskitzeln. Der Schnösel versteckte sein Gesicht hinter seiner Tasse.

»Ist nur ein Mietwagen. Toyota oder sowas.« Bingo! Jetzt hatte ich ihn.

»Hab' ich mir gleich gedacht. Als ich die Karre gesehen hab', sagte ich zu mir: ›Du lieber Himmel, was ist das bloß für ein beschissener Tag heute?‹ Erst stürzt Granny die Treppe runter und bricht sich zwei bis drei Knochen, dass ich den ganzen Vormittag beschäftigt bin, das irgendwie hinzukriegen und dann auch noch ein Toyota! Vor meinem Diner!« Ich beugte mich vor, um dem Schnösel die Sache so richtig klarzumachen. »So was fährt man hier nicht, Mann«, sagte ich leise. Ich kann ganz schön leise sein, wenn es sein muss. Das wirkt. Vor allem, wenn ich danach einmal kräftig auf den Tisch haue. Was ich dann auch tat.

Der Schnösel starrte mich an. War richtig erschrocken der Typ. Rot ist er nicht geworden, aber ein bisschen blass um die Nase, was auch nicht zu verachten ist. Ich lehnte mich zurück, weil Maggie mit dem heißen Kaffee kam. Kaffee kann sie kochen, das muss man ihr lassen. Man muss ihn nur extra heiß bestellen.

Für mich war das Gespräch soweit ganz zufriedenstellend verlaufen. Wegen mir hätt' keiner mehr was zu sagen brauchen. Aber was soll ich sagen — es war einfach nicht mein Tag. Der Schnösel machte den Mund auf und sagte, weiß der Teufel warum er damit ankam:

»Warum legen Sie sich bei der Kälte unter Ihr Auto? Das kommt mir recht eigenartig vor.« Und als ob das nicht schon genug gewesen wäre, sagt er noch hinterher: »Kommt mir sogar irgendwie verrückt vor.« Da hab' ich ihn aber sowas von angefunkelt. Die Sätze in meinem Kopf waren schon fix und fertig, bereit zum Abschuss. Ich musste mich nur kurz konzentrieren, damit ich ja nichts vergaß und dabei schaute ich raus zu meinem Jeep und dann stutzte ich und vergaß doch alles, weil da jemand stand, neben meinem Jeep, und da haben meine Augen erst recht gefunkelt. Eigenartig.

Von außen sah es aus, als ob die drei am Tisch sich ganz freundschaftlich unterhielten und Magdalen stand dabei. Sie sollte die Scheibe wirklich öfter putzen. Das kann man ihr nicht oft genug sagen. Ich stand neben einem nagelneuen, dunkelroten Jeep und ahnte schon, wem der gehörte, als ich erkannte, wer da in Maggies Lokal beisammen saß. Gleich darauf wusste ich, was los war. Sie hatten wieder mal einen erwischt. Ich kam wohl zu spät zurück.

Es war erbärmlich kalt und ich war durchgefroren. Nichts hätte ich lieber getan, als dort in das Diner zugehen, mir von Magdalen einen guten heißen Kaffee bringen zu lassen und ein Stück von der selbstgemachten Apfeltorte, wenn Stuart noch etwas übriggelassen hatte.

Ein paar Meter noch. Nur noch über die Straße, dann wäre ich bei ihnen. Das ist Kenny, der da zu mir herausstarrt. Ihm scheint es wieder besser zu gehen. Jetzt steht er sogar auf und sagt etwas zu den anderen. Magdalen rennt natürlich zur Tür. Stuart ist auch aufgesprungen. Der arme Junge ist sitzengeblieben. So schnell wird er da nicht wegkommen. Eigentlich nie wieder. Stuart, Kenny und Magdalen starren durch die schmierigen Scheiben des Diners zu mir herüber.

Und ich hatte so gehofft, sie würden nicht mehr existieren.

Ich sehe ihre Lippen, die immer wieder dasselbe Wort formen: Leslie …

Ich höre aber auch eine Stimme, die sagt:

»Miss James, der Doktor wartet.«

Es ist zum Wahnsinnigwerden.

Vom Verschwinden

Keiner blieb stehen. Mich wunderte das nicht. Obwohl sie ja nicht zu übersehen war, mit ihren weit ausgebreiteten Armen, ihrer tizianroten Haarmähne, ihrem riesigen T-Shirt, auf dem mit breitem, schwarzem Strich geschrieben stand: »Das ist Elisa«. Keiner blieb stehen in dieser Stadt. Alle mussten an ein Ziel kommen.

Elisa spielte Hindernis. Ich kannte sie nicht. Ich beobachtete, wie sie sich zwischen all den Strebenden bewegte. Fast sah es so aus, als dirigiere sie die in Mäntel verpackten Gestalten.

Sie sprach niemanden an. Stattdessen versuchte sie, den Blick der Menschen einzufangen, und wenn dies gelang, warf sie in stillem Jubel ihre Arme nach oben, schloss die Augen und stand für einen Moment ganz still. Ein schmales, rothaariges Mädchen im grauen Mantelmeer.

Wie gebannt sah ich ihr zu. Nach wenigen Sekunden öffnete sie wieder die Augen und begann ihr Spiel von Neuem.

An jenem Tag hatte ich meinen besten Freund verloren. Ich senkte den Kopf und versuchte, mich auf die Dinge zu konzentrieren, die nun zu erledigen waren.

Ich presste die Augen zusammen, schützte sie mit meinen kalten Fäusten, atmete tief durch. Wie ein

Blitz traf mich der Gedanke: Wo ist sie? Ich ließ meine Hände fallen.

Suchend flatterte mein Blick umher, bis er Rotschimmerndes am gegenüberliegenden Bahnsteig fing. Da stand sie immer noch und breitete die Arme aus.

»Hinter'm Feynman-Punkt fängt die Unendlichkeit an«, sagte Starbacks.

Er stand hinter mir an seiner Wand. Seit zehn Jahren stand er dort im warmen Dunst der U-Bahnstation. Er sah mich mit seinen wasserhellen Augen an.

»Kennst du sie?«, fragte ich.

»Wen?«

»Das Mädchen dort. Die Rothaarige.«

»Das ist Elisa. Steht doch auf ihrem Hemd.«

»Schon, aber wer ist sie?«

»Frag mich nicht«, sagte er. »Die steht hier alle paar Tage rum.« Er schrieb die sechste Neun hintereinander mit blauer Straßenkreide auf die weißglänzende Wand. Ein paar hundert Ziffern hatte er schon in seiner exakten Schrift notiert. »Wie geht's deinem Freund?«

»Heute war es soweit.«

»Hat er den Abgang gemacht?« Ich nickte. »Verdammte Ewigkeit« brummte er. Er hatte seine Kreide auf den Boden fallen lassen und schaute mich über die Schulter hinweg an. Ich fühlte, wie mein

Kopf sich leerte, als würde durch ein plötzliches Vakuum alles Denken, jede Erinnerung rasend schnell abgesaugt. Ich stützte mich mit einer Hand an der Wand ab.

»Ich will mal ...«, sagte ich leise und brach ab.

»Was willst du? Ist viel besser, nichts zu wollen,« sagte er. Ich sah ihn nachdenklich an.

»Ich will mal zu ihr gehen.« Er lachte kurz auf und bückte sich nach seiner Kreide, um die Zahl Pi fortzusetzen. Ein angenehmes und systematisches Unterfangen, gleichsam ein Echo aus seinem früheren Leben als Astrophysiker.

Starbacks hatte einen Weg aus der Unendlichkeit herausgefunden.

Er gab all die vielen tausend Sterne, die er in ungezählten Nächten betrachtet und erforscht hatte, an die Menschen zurück.

So war es auf seinem Pappschild zu lesen. Ein Dollar für einen Stern. Für einen langen Blick in seine blauen Augen, in deren Tiefen er abertausende Sterne gespeichert hatte.

Manchmal funktionierte es und wer seinen Stern zurückerhalten hatte, wusste in plötzlicher Klarheit zu unterscheiden zwischen dem was bleibt und dem was sich in Nichts auflöst.

Bei mir hatte es nicht funktioniert. Ich konnte seinem Blick nicht standhalten. Vielleicht wollte ich deswegen Elisas Blick versuchen.

Ich ließ Starbacks allein mit Pi.

»Sei höflich zu ihr«, rief er mir nach.

Als ich am gegenüberliegenden Bahnsteig ankam, war sie verschwunden. Ein Monat verging, ehe ich sie wiedersah.

Es war ein strahlender, rein gewaschener Tag. Die Leute hatten keine Mäntel mehr nötig. Sie gingen dicht an mir vorüber.

Fetzen von Wienerisch flogen an meinem Ohr vorbei, Russisch, Holländisch, einige französische Vokabeln, eine tiefe Stimme, die in Italienisch badete, alles in allem ein wohltuendes Parlando, das meine Stimmung wie einen Ball hoch in die Luft schleuderte, in einen sprachlos machenden Frühlingshimmel. Und die Worte fehlten mir tatsächlich, als sie wie aus dem Nichts vor mir stand, ein soeben gelandeter Engel.

»Ich bin Elisa«, sagte sie. Ihre Stimme legte sich wie ein warmes Band um mein Herz.

»Ich bin Aaron«, sagte ich.

»Gut, dann lass uns gehen«, sagte sie und hakte sich bei mir unter. Unsere Zeit hatte begonnen. Wir trafen uns täglich. Ich bewunderte sie bei ihrem Tun. Es war auf wunderbare Weise sinnlos für meine Begriffe. Was konnte schon dabei herauskommen. Ich fragte sie.

»Sieben Sekunden gesalbt mit Zufriedenheit«, sagte sie und sah mich mit einer eigentümlichen Mischung aus Stolz und Unsicherheit an.

Stolz, weil sie wusste, dass sie mir diese Erfahrung voraushatte.

Unsicherheit, weil sie nicht wusste, wo mein Stern vergraben war.

Wir gingen jeden Tag auseinander. Sie winkte kurz, drehte sich um und verschwand, ein warmes Leuchten in der kühlen Menschenmenge, das nach und nach verglomm. Ich blieb zurück, eine verstörte Hälfte, und legte die Arme um die Luft.

»Soll ich dir ihre Geschichte erzählen?«, sagte Starbacks eines Abends, als er mich so stehen sah. Ich drehte mich zu ihm um, zunehmend erschöpft vom wiederholten Abschied nehmen. Starbacks hielt seine blaue Kreide in der linken Hand, die Rechte steckte in der Hosentasche.

»Was meinst du damit?«, sagte ich.

»Eben wie es angefangen hat mit ihr.« Ich starrte die weiße Wand der U-Bahnstation an, über und über mit seinen blauen Ziffern bedeckt.

»Lass uns was trinken gehen«, sagte ich.

Wir verließen die U-Bahnstation und gingen in ein nahegelegenes Café. Es war klein, dämmerig und im Hintergrund dampfte und zischte es. Schwarzer Duft nach Kaffee, Zigarrenrauch. Zwei oder drei Tische waren belegt. Man las in Büchern und Zeitungen. An einem Ecktisch saß ein Mann mit Glatze und zeichnete mit Kohle auf ein großes Stück Papier. Das Zischen erstarb.

Wir setzen uns an einen kleinen runden Tisch zur Straße hin, vor ein eingestaubtes Fenster. In Kinderfingerschrift stand dort »ICH«, und weiter links: »ICH AUCH«.

Ein junger Mann, wahrscheinlich Student, kam, widerwillig sein Taschenbuch zuklappend, hinter der Theke hervor und nahm schweigend unsere Bestellung auf. Während er kurz darauf im Hintergrund an der altertümlichen Espressomaschine hantierte, warf er immer wieder kopfschüttelnd einen misstrauischen Blick in sein Buch, so als glaubte er kein Wort von dem, was dort geschrieben stand, als widerlegte er mit ärgerlicher Ungeduld sogleich das soeben Gelesene, gleichwohl gespannt darauf, welcher lächerliche Unsinn ihn wohl auf der nächsten Seite erwartete.

Schließlich brachte er uns das gewünschte Koffein. Starbacks hielt seine Tasse mit beiden Händen vors Gesicht, genoss den Duft und schlürfte geräuschvoll.

Er setzte den dampfenden Pott vorsichtig ab und schaute sich um.

»Schon erstaunlich«, sagte er.

»Was?«

»Die Stille. Die Stille hier drin. Hätte ich nicht erwartet.« Er schaute mich nachdenklich an, blickte wie abwesend nach draußen und versank irgendwo in seinem Innern. »Seit uralten Zeiten jeder weggeworf'ne Traum wird zu einem Sandkorn. Sieh all die Wüsten. Sie sind groß genug« murmelte er mit seiner leisen tiefen Stimme. »Kennst du das Gedicht?«

»Nein, aber wolltest du mir nichts erzählen«, sagte ich. Er wischte sich mit einer Hand über das Gesicht, und nickte.

»Eigentlich dürfte es sie gar nicht geben«, sagte er.

»Wie meinst du das?« Er holte tief Luft, nahm seine blaue Straßenkreide hervor und hielt sie in der Hand, wie einen Talisman.

»Vor vielen Jahren ist etwas geschehen, das mir seitdem jeden Tag vor Augen steht. Ich wartete wie immer morgens auf dem Bahnsteig auf die U-Bahn. Es waren sehr wenige Leute unterwegs, daher fiel mir die Frau mit dem Baby auch gleich auf. Sie ging an mir vorüber und lächelte, aber sie sah mich nicht an. Das Baby schlief, eingehüllt in eine blaue Decke, die sie mit beiden Armen hielt.

An diesem Morgen war es schon sehr heiß und stickig da unten. Ich weiß noch, wie ich mich über die Decke wunderte.«

Er brach ab, starrte auf die blaue Kreide, die er in seiner Hand drehte. »Ich war auf dem Weg zu einer Vorlesung und in Gedanken vertieft. Das Summen schlich sich wie eine winzige Raupe in mein Bewusstsein. Ich klappte mein Buch zu. Sie war nur ein paar Schritte neben mir stehengeblieben mit dieser blauen Decke auf den Armen, den Kopf zur Seite geneigt, und summte für ihr Baby eine Melodie. Mir fällt diese verdammte Melodie nicht mehr ein. Verstehst du, ich hab' mir seit damals wieder und wieder den Kopf zermartert, aber ich hab' sie nie wieder gefunden, diese Melodie.«

Er schüttelte den Kopf und leerte seine Tasse. »Gleich darauf kam Bewegung in die stickige heiße Luft da unten, ein dumpfes Poltern aus dem Tunnel, die nächste U-Bahn brauste heran. Die Frau mit dem Baby machte zwei entschlossene Schritte nach vorn und sprang runter auf die Schienen. Ich stand starr daneben.

Sie war sicher auf ihren Füßen gelandet und richtete sich auf, kerzengerade, mit dem Gesicht zur einfahrenden U-Bahn. In dieser Sekunde stand die Zeit still, ich hatte sie angehalten.«

Er brach erneut ab und starrte auf die Kinderschrift an der schmutzigen Scheibe.

Er legte die Kreide auf den Tisch und verschränkte seine Finger. »Ich hörte die U-Bahn nicht mehr, kein Rattern, kein Poltern, kein schrilles Quietschen der Bremsen — da war nur Stille, dicke, betäubende Stille, als hätte jemand plötzlich den Ton abgedreht.« Seine Stimme wurde zu einem Flüstern, doch ich verstand jedes Wort. »Die Frau blickt zu mir hoch. Sieht mich prüfend an, vollkommen ruhig, so als sei sie mit mir einverstanden. Sie schließt die Augen. Dann wirft sie das blaue Bündel zu mir hoch, im allerletzten Augenblick ihres Lebens.«

Er drehte den Kopf wieder zum Fenster und schwieg. Seine Finger lagen nun flach auf dem kleinen, wackligen Kaffeehaustisch.

Ich bestellte noch zwei Tassen Kaffee bei dem Studenten und dann erzählte mir Starbacks davon, wie er sie in einem Waisenhaus untergebracht hatte. Davon, dass er sie in all den Jahren nie aus den Augen gelassen hatte, sie wie ein unsichtbarer Planet auf einer elliptischen Bahn begleitet hatte, mal näher, mal ferner, ein Planet, von dem sie nichts wusste, dessen Schwerkraft sie bisweilen ahnte und dennoch klaglos hinnahm, dass er im Verborgenen blieb.

Ein Geräusch ließ mich zusammenfahren. Der Student hatte sein Buch auf den Tresen geknallt. Starbacks nickte.

»Ich wollte sichergehen, dass du das alles weißt.« Er ließ seine Hand auf meinen Arm fallen. »Nein, nein, lass nur«, sagte er lächelnd und legte ein paar Münzen nebeneinander auf den Tisch. Dann stand er auf und verschwand. Ich sah ihn nie wieder.

Viele Jahre später konnte man in einem wissenschaftlichen Magazin lesen, dass es ihn zu einer Forschungsstation am Südpol verschlagen hatte.

Er hatte sich also aus dem Staub gemacht, doch was sollte ich nun anfangen mit meinem Wissen über Elisa.

Ich wusste mir keinen Rat und so ließ ich die Dinge treiben. Ich hatte keine Pläne, wollte nichts. Solche

Tage sind wie Perlen im Haar. Auch Elisa schien nichts zu wollen.

Ich habe nie herausgefunden, wo sie wohnte, oder wovon sie lebte.

Sie war einfach da und zufrieden mit dem, was sie tat.

Brauchen Engel eine Wohnung, eine Küche, ein Bett? Stand sie vielleicht nachts vor meinem Fenster, grübelte unbeobachtet über meine Träume nach und schwebte beim ersten Hahnenschrei davon?

Allmählich wurde mir meine Veränderung bewusst. Zum ersten Mal seit vielen Jahren dachte ich darüber nach, eine Reise zu unternehmen. Nicht um irgendwo anzukommen, sondern um unterwegs zu sein. Den Schwebezustand zu halten, der nur eintritt, wenn man nichts kennt, nichts versteht und alles wie zum ersten Mal sieht, seien es uralte Äste vor blauem Himmel, finstere Fenster in zerfallenen Häusern, leere Autos in leeren Straßen, oder Wartesäle in winzigen Bahnhöfen, mit einer Luft, deren Staub geschwängert ist mit Vergangenem, Verlassenden und Verlassenen.

Die Küste. Möwen, Felsen, Sand, das struppige Gras hinter den Dünen. Eines Tages fragte ich Elisa, ob sie das Meer kenne.

»Das Meer kennt mich«, war ihre Antwort.

»Möchtest du es wiedersehen? Ich fahre an die Küste, bald schon.« Sie schaute mich lange an mit ihren dunklen tiefbraunen Augen, dann lächelte sie.

Drei Tage später waren wir in einer wunderbaren kleinen Pension angekommen, mit Holzläden, deren ehemals tiefes Azurblau unzählige endlose Küstensommertage zu einem blassen Farbhauch radiert hatten. Am äußersten Ende einer felsigen, weitläufigen Bucht gelegen, von einer Wolke aus Möwengeschrei eingehüllt, vom starken Seewind begleitet, von Weite und Zeit umgeben.

Wir waren kein Paar und wussten dies und ließen den Blick übers Meer schweifen. Der makellose Horizont war Vertrauen erweckend. Klar lag die Ferne. Sie reihte die Gedanken behutsam aneinander, eine endlose Kette weißer, rundgeschliffener Steine im kühlen Sand.

Wir waren frühmorgens am Strand, wenn die Sonne in großer Ruhe die nächtlichen Schatten davon blies. Wir liefen schweigend am Wasser entlang, bis das Meer in uns war.

Gegen Mittag kochte uns der grauhaarige Baske, dem die Pension gehörte, Kartoffeln und Fisch. Den Nachmittag verbrachten wir mit Büchern auf der ausladenden Veranda. Die warmen Holzbretter verströmten den Sommerduft meiner Kindheit. Elisa, eine behaglich in ihrem Korbstuhl zusammengerollte Katze, blinzelte schläfrig.

Am Abend gingen wir der Nacht entgegen, den Sonnenuntergang im Rücken, und begleiteten gelassen unsere länger und schmäler werdenden

Schatten. Elisa sprach nicht viel. Ich stellte meine Fragen nicht. Sie wurden ohnehin von Tag zu Tag bedeutungsloser. So wie es war, war es gut. Die Tage kamen mir vor, wie ein langes Bad in Sonne, Ruhe, Büchern, Meer und Gleichklang.

Doch langsam begann etwas, fast unmerklich, so klein wie der Moment, wenn der Sand in einer Sanduhr zu Ende gerieselt ist — und die Zeit stillzustehen scheint.

Irgendwann in der Nacht, weit draußen auf dem Meer war eine Unruhe aufgestiegen wie ein Vogel, hatte sich auf Schwingen, durchsichtig wie das Morgenlicht, der Küste genähert, und saß nun auf meiner Schulter, die Flügel flüchtig ordnend. Ein unbekannter Klang lag in der Luft, unhörbar, wenn ich mich auf ihn konzentrierte, störend, wenn ich versuchte, ihn zu überhören, beunruhigend unbestimmbar, für mich allein bestimmt.

»Weißt du«, begann Elisa eines späten Nachmittages, als wir gerade die Stufen zur Veranda betraten, »damals kam es mir manchmal so vor, als sei ich verschwunden. All die Menschen, die an mir vorübergingen, die Masken, die vielen eifrigen, ach so wichtigen Schritte, die sie machten, ohne mich auch nur aus dem Augenwinkel zu beachten. Ist man denn da, wenn keiner davon weiß?« Ich blieb an der Brüstung stehen, dachte nach und wusste keine Antwort.

Der grauhaarige Baske kam heraus, einen weißen Umschlag mit beiden Händen haltend.

»Dies wurde mir heute auf dem Postamt für sie mitgegeben. Sie sind doch der Maler Aaron?« Ich nickte, nahm den Umschlag entgegen, warf einen kurzen Blick darauf, steckte ihn weg und bedankte mich.

»Ich werde morgen abreisen«, sagte ich, »können Sie mich zum Bahnhof bringen?« Er versprach es, zögerte einen Augenblick als wollte er mich umstimmen, ließ uns dann aber allein. Elisa drehte sich zum Meer, eine Hand im Haar

»Du bist Maler«, sagte sie. Es war eher eine Feststellung, als eine Frage.

»Vor einiger Zeit war ich es. Jetzt nicht mehr.« Ein Korbstuhl fing meinen Körper auf, meine Beine hatten plötzlich nachgegeben.

Ich beugte mich nach vorn und ließ, die Ellbogen auf den Knien, meinen Kopf hängen. »Ein alter Freund von mir hat mich vor langer Zeit davon überzeugt, mein Studium abzubrechen und mich aufs Malen zu konzentrieren. Er führte eine Galerie in der Stadt und half mir, mich über Wasser zu halten. Nach fünf Jahren war ich so weit, mir ein eigenes Atelier kaufen zu können.«

Elisa hörte mir zu, stumm aufs Meer blickend.

»Irgendwann bat er mich um ein Porträt. Damals musste er es gerade erfahren haben.« Ich sah, wie ein kleiner schwarzer Käfer über den Holzboden huschte. »Er bestand darauf, dass ich pro Tag nur einen einzigen Pinselstrich setzen sollte. ›Die Zeit belohnt nichts, was ohne sie gemacht wird‹, das war seine tiefste Überzeugung. Ich willigte ein, wenn auch zögernd, da mir dieser Wunsch reichlich skurril vorkam.

Anfangs fiel es mir sehr schwer, vor allem dann, wenn der Strich misslang. Ich durfte ihn ja nicht sofort korrigieren, sondern musste bis zur Sitzung am nächsten Tag damit warten. Mit der Zeit lernte ich, sehr gründlich über jeden Strich nachzudenken. Es war ein interessantes Experiment. Gegen Ende kam es vor, dass ich eine Stunde brauchte, ehe ich Palette und Pinsel aufnahm.«

Der Käfer war verschwunden. Meine Augen folgten den unregelmäßigen Linien zwischen den dunklen Bodenbrettern der Veranda. Elisa hatte ihre Hände auf die Brüstung gelegt.

»Nach fast zwei Jahren kam der Tag, an dem ich den letzten Strich vollendete.« Die Erinnerung daran ließ meine Stimme leiser werden.

»Zwei Tage danach starb mein Freund. Seine Frau sagte mir später, dass er seinen prognostizierten Sterbetag um anderthalb Jahre überlebt hatte. Ich hatte keine Ahnung von seiner Krankheit gehabt. Im Nachhinein verstand ich die Schatten, die immer um ihn gewesen waren.«

Elisa drehte sich um.

»Das war dein letztes Bild?« Ich sah sie an.

»Jedes weitere Bild wäre mir so überflüssig vorgekommen.«

»Meine Mutter ist auch verschwunden, vor vielen Jahren«, sagte Elisa unvermittelt. Ich erhob mich etwas unsicher und stand nach wenigen Schritten neben ihr. Mein Blick wanderte die erschöpfte Küste entlang.

»Mit dem Verschwinden kenne ich mich aus«, sagte sie leise. »Denkst du oft an deine Verschwundenen?« Bevor ich etwas antworten konnte, betrat der alte Baske die Veranda, in der rechten Hand ein Tablett mit zwei Gläsern und einer Flasche Weißwein.

»Ein Abschiedstrunk«, sagte er, nickte Elisa und mir zu und verschwand wieder. Wir setzten uns an den niedrigen Verandatisch. Ich überließ es Elisa, die Gläser zu füllen. Der Wein schimmerte glatt wie ein seltenes und edles Metall im letzten Licht des Tages. Sie warf ihre rote Mähne mit der linken Hand zurück und nahm ihr Glas.

»Auf uralte Nächte und ferne Klänge«, sagte sie.

»Auf uralte Klänge und ferne Nächte«, sagte ich.

Der Wein war wie eine flüssige Umarmung. Sie wollte die Nacht auf der Veranda verbringen und so machten wir es uns in unseren Korbsesseln bequem.

»Denkst du oft an deine Verschwundenen?«, fragte sie viel später ein zweites Mal, doch ich war schon eingeschlafen. Als ich am nächsten Morgen vor Sonnenaufgang erwachte, war sie fort.

In schlaftrunkenem Erschrecken stolperte ich runter zum Strand und lief los. Sie konnte sich nur zu Fuß auf den Weg gemacht haben, es gab keine andere Möglichkeit. Doch ich fand keine Spur von ihr. Es war beinahe so, als wäre sie nie da gewesen, als habe es sie nie gegeben.

Als der Junge nach Stunden zurückkehrte stand der alte Baske wartend auf der Treppe zur Veranda. Er ging ihm entgegen.

»Ist sie ihnen vorausgegangen?«, fragte er. Aaron schaute dem Alten zum ersten Mal in all den Wochen unverwandt in die Augen.

»Oh ja, das ist sie«, murmelte er schwach.
Eine Möwe schrie. Der Alte hob den Blick und folgte eine Weile ihrem einsamen Flug, dann ließ er ihn wieder sinken, zurück auf den weiten Strand. Aaron war verschwunden. Der alte Mann nickte langsam vor sich hin. Dieser Blick des Jungen …

Er beschloss, sich gern an ihn zu erinnern, während er im nassen Sand des kühlen Sommertages nach Hause ging.

Du sollst nicht langweilen

Ora Mae Wiley schob die Brille hoch auf ihr dichtes graues Haar. Sie saß in ihrem Studierzimmer im ersten Stock an ihrem uralten Schreibtisch. Das Holz dafür hatte ihr Großvater zusammen mit seiner indianischen Freundin geklaut. Der Tisch würde noch hundert Jahre halten. Sie nahm ein Blatt von dem gelben Papier, das Bill Simmons einst für den Pfarrer besorgt hatte, und spannte es in ihre Remington-Schreibmaschine.

Ihre Fingerspitzen lagen behutsam auf den Tasten. Ora Mae schloss die Augen und wartete auf das erste Wort. Sie wusste, dass Robin Barns um ihr Haus strich. Als sie ihn das erste Mal dabei ertappt hatte, war sie außer sich gewesen. Aber das war schon lange her. Damals wohnten fast hundert Menschen in Gold Point und sie hatte alle gekannt und alles von ihnen gewusst.

Heute lebten nur noch sechs Menschen hier und wenn man den Blick über die klapprigen Holzhäuser schweifen und an der größten Fassade haften ließ, die von einem schief aufgehängten Schild verunziert wurde, dessen rote Buchstaben etwas von »Simmons' Drugstore« flüsterten, den weißen Kirchturm ins Auge fasste, der auch beim Näherkommen nicht größer wurde, die offenen Fenster zählte, aus denen vergilbte, fadenscheinige Gardinen im Abendwind

114

wehten und damit ein Leben vorgaukelten, das sich nicht einmal in Ora Maes unerbittlicher Fantasie abspielte, über die flachen Dächer blickte bis zu den nahen Hügeln, die als Berge im Westen begannen und, von unzähligen Silberstollen durchlöchert, in Gold Point ihr Ende in einem Gipfel namens Mount Dunfee fanden, dann konnte ein unbekannter Fremder sich des Eindrucks nicht erwehren, in einer Geisterstadt gelandet zu sein.

Ora Mae Wiley hätte diesen Fremden zum Teufel gejagt mit ihrem Schreibmaschinengeklapper, das seit jeher die staubgeschwängerte Luft ihres mit Büchern und Zeitungen vollgestopften Hauses zum Zittern brachte.

»Verzieh' dich, Robin Barns! Sonst weck ich Katie!«, schrie Ora Mae durch das offene Fenster und schob den Wagen ihrer Remington mit einem energischen »Pling« nach links. Sie lauschte mit angehaltenem Atem. Robins Flüche und seine immer gleichen Verwünschungen schwebten die hölzerne Hauswand hoch und schlängelten sich durch den schmalen Spalt des offenen Fensters, hinter dem Ora Mae arbeitete.

Robin Barns, ehemals Postreiter, ein Job, der ihn zum Dieb hatte werden lassen, da die Postsäcke zu verlockend für ihn waren, hatte Angst vor Katie, obwohl er sie noch nie gesehen hatte. Aber Barney Robbins, Sheriff, Richter und Totengräber von Gold Point, kannte Katie. Und was er Robin über sie erzählt hatte, ließ genügend Raum für Angst und Schrecken.

Dabei überlief Barney bei dem Gedanken an Katie selbst eine Gänsehaut. In Wahrheit hatte er sie ebenso wenig zu Gesicht bekommen, wie Bill Simmons oder der Pfarrer.

Tagsüber lungerte Robin auf der Veranda vor dem seit Ewigkeiten verlassenen Saloon herum und pfiff eine Melodie, die ihm im Kopf herumspukte. Sie ähnelte dem Geräusch, das ein Wüstenkaktus von sich gibt, wenn er seine von der Sonne gegrillten Glieder in der kühlen Nachtluft dehnt.

Robin wagte nicht, den Saloon zu betreten. Cleopatra, seine Schwester, die eines Nachmittages spurlos verschwand, hatte es ihm verboten. Wenn er es auch sonst mit Gesetzen nicht genau nahm — ein Verbot seiner Schwester war ein Verbot fürs Leben.

An manchen Vormittagen wagte er es, einen Blick über die beiden wurmstichigen Schwingtüren ins Innere zu werfen.

Die Theke war mit einer dicken Staubschicht bedeckt. Die Barhocker lagen auf dem mit Sand bestreuten Boden. Auf der Theke kauerte ein mumifiziertes Tier, dessen buschiger Schwanz sich bei dem leisesten Lufthauch bewegte. Als Robin dies zum ersten Mal bemerkte, erschrak er zu Tode. Seitdem übte der Ort eine quälende Faszination auf ihn aus.

Solange er denken konnte, stand gegenüber von Bill Simmons' Drugstore ein Dodge-Graham-Truck auf dessen Beifahrersitz, von Spinnweben überzogen, eine Gallone Whisky lag. Monatelang grübelte Robin über die Frage nach, ob er es wagen sollte, den Whisky zu probieren. Was ihm dabei Kopfzerbrechen bereitete, war eine Rechnung, die er in dem Wagen gefunden hatte, vom 06. Juli 1908 über sechs Dollar und zehn Cents für eben diese Whiskyflasche und die den handschriftlichen Vermerk trug: noch nicht bezahlt. Es stellte Robin vor eine unlösbare Aufgabe, sich vorzustellen, wie es in Gold Point in jenem Sommer 1908 ausgesehen, wer dort gelebt und was sich dort zugetragen hatte. Für Robin war nur eines klar: Die Rechnung, der Whisky und auch der Truck waren gleich alt.

Eine Schlussfolgerung, die Ora Mae Wiley leicht hätte widerlegen können, und zwar anhand eines Zeitungsartikels aus dem Jahr 1925, der sich irgendwo in ihrem Archiv befand. Er berichtete über die Sensation des ersten Automobils in Gold Point. Das Foto auf der Titelseite des »Far Western Chronicle« vom 17. März jenes Jahres hätte Robin in große Verwunderung versetzt, nicht zuletzt wegen des schwarzen Mannes hinter dem Steuer.

Er hätte sich vor allem gefragt, wie seine Schwester über diese Ungeheuerlichkeit geurteilt hätte. Sie, die stets unerschütterlich alles Neue und jeden Fremden verteufelte. Ihr Wort galt als Gesetz. Bis zu jenem Nachmittag, als sie spurlos verschwand.

Der Gedanke an den Moment, als er entdeckte, dass sie fort war, kribbelte auf Robins Kopfhaut und piesackte ihn, als würde ein Schwarm roter Ameisen ihren giftigen Saft in die Haarwurzeln seiner struppigen Mähne spritzen.

Niemand erfuhr je, was damals geschehen war. Aber es gab jemanden, der nach all der Zeit herausfinden könnte, unter welchen Umständen Cleopatra verschwunden war: Ora Mae Wiley war das zuzutrauen.

Robin erinnerte sich daran, dass der Pfarrer an jenem Tag in der ersten Reihe gesessen und seinen Rausch ausgeschlafen hatte. Robin fand ihn, als er auf der Suche nach einem kühlen Plätzchen durch die Seitentür ins Innere der Kirche huschte.

Er schlich an der linken Seitenwand des schmucklosen Gotteshauses nach vorne und ließ den Pfarrer, der leicht auf eine Seite gesunken war, nicht aus den Augen. Robin wusste, dass der Pfarrer es nicht gerne sah, wenn man sein Allerheiligstes außerhalb des Gottesdienstes betrat, den er jeden Sonntag von 11:00 Uhr bis High Noon abhielt.

»Was hast du hier drin zu suchen?«, hallte seine mächtige Stimme durch den leeren Raum. Wie vom Donner gerührt blieb Robin stehen und suchte hastig nach einer Ausrede.

»Ich wollte«, stammelte er schließlich, »einfach nur mal Gott besuchen.«

Der mächtige Körper des Pfarrers rührte sich nicht. Dafür klang seine Stimme umso furchterregender.

»Der ist nicht da! Verzieh dich!«

Robin zitterte ein wenig und blieb unschlüssig stehen. Er wusste, dass er es mit dem Pfarrer nicht aufnehmen konnte, und doch stach ihn bisweilen der Hafer.

»Und außerdem such' ich Cleopatra«, rief er zaghaft. Man sah dem breiten, schwarzen Rücken in der ersten Reihe deutlich an, dass der Pfarrer tief Luft holte. Gleich darauf erfüllte seine Donnerstimme das Kirchlein, so dass selbst die schwere Messingglocke oben in ihrem Turmgehäuse ein Zittern überlief.

»Cleo ist fort! Mach, dass du rauskommst!« Robin wusste, dass es höchste Zeit war, zu verschwinden und so schlich er ebenso leise, wie er gekommen war in die nachmittägliche Gluthitze hinaus, um keinen Deut klüger.

Viele Jahre krochen über Gold Point dahin, ohne dass Robin oder Bill Simmons oder Barney Robbins oder der Pfarrer etwas davon mitbekommen hätten. Bei Katie konnte man da nicht so sicher sein. Sie wohnte bei Ora Mae und bei der war alles möglich, weil sie Dinge wusste, die die anderen sich nicht vorzustellen wagten.

Als sei er gerade eben erst aus der Kirche geworfen worden, stand Robin draußen vor der dunkelgrünen Tür. Er stierte unschlüssig die mit weißem Staub gepuderte Hauptstraße von Gold Point hinunter.

Vor Bill Simmons' Drugstore saß ein Mann in dem Schaukelstuhl, den Bill einst aus einem fernen Land, das Frankreich hieß, bekommen hatte. Dieser Stuhl war um die halbe Welt gereist und hatte einen riesigen Ozean überquert, eine Vorstellung, die Robin so einschüchterte, dass er nie im Leben gewagt hätte, sich in diesen Schaukelstuhl zu setzen. Das wagte nur einer: Barney Robbins selbsternannter Sheriff, Richter und Totengräber.

Seit dem letzten Toten in Gold Point waren viele Jahre vergangen.

Alexander Pope III war das gewesen, ein 13-jähriger Landstreicher, der eines Tages mutterseelenallein aufgetaucht war. Seine weißen Baumwollhosen hatten ungleich lange Beine, er kam barfuß daher und sein ausgeblichenes rotes Hemd war ihm drei Nummern zu groß.

Sein erster Weg führte ihn zum Pfarrer, den er mit »der allerletzten Flasche des allerfeinsten Bourbons westlich von New York«, zu seinem Schutzpatron machte. Ein cleverer Schachzug, denn von nun an genoss Alexander Narrenfreiheit.

Sein Name bot allerhand Anlass zu Spekulationen. Er führte ein viermal gefaltetes Dokument bei sich, das, mit einem roten Siegel versehen, jeden Zweifel an der Echtheit seines Namens in die Wüste schickte.

Eine schönere Geburtsurkunde habe er nie gesehen, verkündete der Pfarrer eines Abends. Wie üblich arbeitete er im Saloon an der Predigt, die er sonntags von der Kanzel auf seine Schäfchen herabdonnern ließ. Echte Inspiration fand er nur inmitten der trinkenden, pokernden, streitenden und, in Gestalt von Bill Simmons, still vor einem Glas goldbraunen Whiskys dasitzenden Bürger von Gold Point. Sein Schützling Alexander Pope III begleitete ihn und er erwies sich, nach einigen Abenden, die er damit verbrachte, die Spieler genau zu studieren, als leicht zu unterschätzender, jedoch mit allen Wassern gewaschener Pokerer.

Es dauerte sieben Tage und kostete jeden, der es mit ihm aufnahm, eine schmerzhafte Summe seines in den Silberstollen hart erarbeiteten Vermögens, bis Alexander sich Respekt verschafft hatte.

Doch Respekt war in jenen Kreisen zu jener Zeit die Vorstufe von Neid, und beneidet zu werden war zu jener Zeit in jenen Kreisen lebensgefährlich.

Die Hosenbeine Alexander Popes III waren fortan gleich lang und von der besten Qualität, die Bill Simmons beschaffen konnte. Seine Samthemden waren ebenso maßgeschneidert wie teuer, und seine Stiefel mit den silbernen Sporen waren ebenso teuer wie unpassend für einen dahergelaufenen 13-jährigen.

Diese Meinung griff um sich in der kleinen Welt von Gold Point und die Leute fragten sich: Wie war es möglich, dass dieser Bengel stets die besten Karten auf der Hand hielt? Die Stimmen wurden lauter und bald, was das Gefährliche war, wurden sie leiser. Über Alexanders Kopf braute sich was zusammen.

Den machte die schützende Hand des Pfarrers sowie sein unverschämter Erfolg am Pokertisch übermütig und leichtsinnig und ließ ihn blind werden gegenüber gewissen Blicken, welche die Spieler tauschten, und taub gegenüber warnenden Worten, die ihm Bill Simmons ins Ohr raunte.

Eines Tages war Alexander Pope III verschwunden. Der Pfarrer stellte einen Suchtrupp aus Freiwilligen zusammen, allesamt keine Kartenspieler.

Sie fanden ihn auf dem Gipfel des Mount Dunfee, ein Pokerblatt mit fünf Assen in der Hand und ein kleines rundes Loch mitten in der Stirn. Barney Robbins, Sheriff und Richter verkündete, den Mörder noch vor dem Abend ausfindig machen zu wollen und leitete sofort eine Untersuchung ein.

Sie verlief im hellen, unschuldigen Staub der Main Street. Niemand hatte Alexander weggehen sehen, niemandem hatte er etwas gesagt. Alle in Frage kommenden Verdächtigen waren zusammen im Saloon gewesen, keiner hatte diesen auch nur für einen Moment verlassen. Alle Befragten beschworen dies so glaubhaft, dass Barney Robbins ihnen den

Glauben schenkte, den der Pfarrer ihnen vehement vorenthielt.

Barney Robbins erinnerte sich seines Amtes als Totengräber und der Pfarrer sorgte für eine denkwürdige Beerdigung, in deren Verlauf er »bei allen neunschwänzigen Teufeln, denen ich je begegnet bin« jedem die Hölle versprach, der schuld am Tod des kleinen Landstreichers war. Er schloss in seinen Fluch ausdrücklich auch all jene mit ein, die den Mord nicht verhindert hatten.

In Windeseile sprachen sich des Pfarrers Worte herum. Alexander Pope III verschwand für immer in der Erde. Das war vierundzwanzig Jahre her und wer von den Übriggebliebenen sich daran erinnerte, dem kam es vor, als sei es gestern gewesen.

Seit jenen Tagen sind viele Männer verschwunden. Nach und nach wurde es stiller in Gold Point und die Einsamkeit der Wüste legte sich behutsam wie ein alter, eingestaubter Schal um die Stadt.

Robin konnte sich erinnern, wie er vormittags verstohlen über die Schwingtüren in den Saloon geblinzelt und erschrocken festgestellt hatte, dass darin außer einem Gekko, der reglos am Spiegel hinter der Bar klebte, kein Wesen atmete.

Die Kartenspieler, die müden Arbeiter aus den Silberminen, der ewig missgelaunte Barkeeper — sie waren fort. Nicht einmal der alte Barbier aus dem Osten, der jeden, der auf zwei Beinen stand, um einen

Drink anbettelte, den Robin nie nüchtern erlebt hatte und demzufolge es einem versuchten Selbstmord gleichkam, wenn man sich in seinem Stuhl zum Rasieren niederließ, torkelte noch die Main Street entlang.

An jenem Tag begann Robin, sich Sorgen zu machen. Er wollte mit jemandem darüber sprechen und entdeckte Barney Robbins, der in dem französischen Schaukelstuhl vor Bill Simmons' Drugstore an seiner Maiskolbenpfeife nuckelte.

Robin schlenderte in seine Richtung, als habe er nichts Besonderes im Sinn und als er schließlich vor ihm stand, stellte er wie aus einem heiteren Himmel die Frage:

»Ist dir schon aufgefallen, Barney, dass außer mir und dir und Bill Simmons und dem Pfarrer und Ora Mae niemand mehr in Gold Point lebt?« Barney hatte die Augen geschlossen und schien über wichtigere Fragen nachzudenken.

Er verscheuchte mit der rechten Hand einen Moskito und knurrte:

»Du hast Katie vergessen.« Robin zuckte zusammen.

»Hab' ich nicht, bestimmt nicht. Aber was mir richtig Sorgen macht, ist, dass Cleopatra, meine Schwester, einfach nicht zu finden ist.«

Barney hielt die Augen geschlossen, nahm die Pfeife aus dem Mund, spuckte einmal aus, setzte sie mit einem Streichholz, das er aus seiner Westentasche hervorzauberte, wieder in Brand, paffte vier Mal kräftig, alles ohne einen einzigen Blick auf Robin zu verschwenden, und knurrte:

»Cleo kannst du vergessen. Frag Ora Mae!« Robin stutzte.

»Wieso soll ich Ora Mae fragen?« Barney öffnete mühsam die Augen und schielte zu Robin hoch, der mit herabhängenden Armen und heraushängendem Hemd vor ihm stand.

»Vielleicht war Cleo einfach zu langweilig«, knurrte er und sog an seiner Pfeife. »Ganz bestimmt war sie das.«

»Aber wieso langweilig? Das versteh ich nicht. Für wen denn langweilig?« Barney schaukelte in seinem Stuhl. Er hatte die Augen wieder geschlossen.

»Geh zu Ora Mae!«, knurrte er. Robin starrte ihn an, und während er so dastand und mit den Augen den dünnen Rauchfaden verfolgte, der aus Barneys Maiskolbenpfeife aufstieg, kam ihm ein Satz in den Sinn, den Cleopatra vor langer Zeit gemurmelt hatte.

Er war damals von einem tagelangen Ausflug in die Wüste zu Tode erschöpft nach Hause gekommen. Cleo war in der Küche gesessen, in ihrem besten Kleid aus dunkelblauem Stoff mit weißem Kragen, obwohl nicht Sonntag war. Robin hatte sie zunächst nicht beachtet, zu groß waren sein Durst und sein Hunger gewesen. Er hatte den großen Wasserkrug geleert und sich anschließend über den Blaubeerkuchen hergemacht, den Cleo gebacken hatte, obwohl nicht Sonntag war.

Nachdem er wortlos vier Stück Kuchen in sich hineingestopft hatte, waren seine Augen und seine Ohren bereit gewesen, seine Schwester wahrzunehmen, die ganz nah an die Tischplatte herangerückt war. Sie hatte beide Ellbogen aufgestützt und ihr langes weißes Gesicht in ihren langen weißen Händen vergraben.

»Cleo«, hatte er zu ihr gesagt, »ich bin wieder da.«

Doch alles, was Cleopatra von sich gab, war ein Murmeln. Sie hatte immer wieder denselben Satz gemurmelt. Robin musste ganz nah an sie heran rutschen und es dauerte eine Weile, bis er die Worte, die aus ihrem Mund krochen, verstand.

»Du sollst sie nicht langweilen. Du sollst sie nicht langweilen.«

»Wen denn«, hatte er gefragt, »wen meinst du?«

»Du sollst sie nicht langweilen.« Immer und immer wieder hatte sie den Satz wiederholt.

Er hatte sie an den Schultern gepackt und kräftig durchgeschüttelt, hatte sie angeschrien:

»Wen zur Hölle meinst du? Gib mir endlich eine Antwort!«, bis sie verstummt war und mit dem Gesicht in den Händen einfach nur dasaß. Schließlich war es ihm zu dumm geworden und er war in die Stadt gegangen.

Als er zurückkam, trug sie ihr hässliches, braunes Arbeitskleid, hatte das Abendessen fertig und begrüßte ihn, als sei nichts vorgefallen, und da er Hunger hatte, fragte er nicht weiter.

Seitdem war nie wieder etwas Ähnliches passiert, und daher hatte er es vergessen, bis Barney Robbins ihn wieder darauf brachte, in dem französischen Schaukelstuhl sitzend, seine stinkende Pfeife paffend.

Robin drehte sich um. »Geh zu Ora Mae«, hatte Barney gesagt.

Er blickte durch das Fenster ins Innere des Drugstores.

Von Bill Simmons war nichts zu sehen, aber man hörte ihn arbeiten. Wahrscheinlich räumte er wieder einmal seine Regale um.

Robin schaute die menschenleere Main Street entlang, an deren einem Ende die Kirche stand und an deren anderem Ende das Haus von Ora Mae.

Sein Blick verweilte kurz auf dem Dodge-Graham-Truck, der an der Tankstelle gegenüber seit vielen tausend Tagen mit platten Reifen und einer Gallone Whisky auf dem Beifahrersitz wartete, worauf auch immer.

»Von wegen langweilig«, schnaufte Robin empört. Dann machte er sich auf den Weg, vorbei am Saloon, vorbei am Barber-Shop, dessen Frisierstuhl mit dunklen Spritzern übersät war, vorbei am Hotel, dem einzigen zweistöckigen Gebäude, aus dessen sechs

Fenstern die Gardinen gelb wehten, vorbei an der alten, verlassenen Poststation mit dem riesigen Safe, den er selbst vor vielen Jahren mit einer Dynamitstange zu öffnen versucht und dessen Inhalt aus einer Tüte Erdnüsse bestanden hatte, vorbei an Häusern, deren Fassaden immer armseliger wurden, je weiter es aus der Stadt hinausging, bis er schließlich vor Ora Maes uraltem Holzhaus stand.

Durch das offene Fenster im oberen Stock konnte Robin das vertraute Klappern der Remington-Schreibmaschine hören.

Sein Blick fiel auf die Hauswand aus grauen Brettern. Jemand hatte mit weißer Farbe und einem Pinsel eine halbe Nachricht hinterlassen: »du sollst nicht …«

Er hätte zu gern gewusst, worüber Ora Mae Tag für Tag so viel zu schreiben hatte und duckte sich, als er um die Hausecke schlich. Ora Mae hörte ein Geräusch und hielt inne. Beide Hände über den Tasten schwebend, runzelte sie die Stirn. Sie brauchte nicht nachzusehen, um zu wissen, wer da an der Hauswand lauerte. Robins Verhalten begann sie zu langweilen.

Als sie die nächste Taste anschlug, hatte sie einen Entschluss gefasst.

Ein paar Tage später trafen Bill Simmons, Barney Robbins und der Pfarrer vor dem Drugstore zufällig aufeinander.

»Jemand Robin gesehen?«, knurrte Barney. Bill Simmons schüttelte den Kopf und verschränkte die Arme

»Er hat nach seiner Schwester gesucht«, brummte der Pfarrer.

»Immer das Gleiche mit ihm«, knurrte Barney, »immer das Gleiche.« Er stand ächzend aus seinem Schaukelstuhl auf und dehnte und streckte sich.

Sie schauten sich gegenseitig an. Bill Simmons schlug als Erster die Augen nieder.

»Würde mich nicht wundern, wenn er sie ...«, brummte der Pfarrer und zog vielsagend die Schultern hoch.

Barney nickte.

»Schätze, ich muss Ora Mae mal einen Besuch abstatten.«

Ein sattes Blau

»Wäre das nicht ein schöner Tod?« Wie ein kalter Hauch schwebten ihre Worte in der Luft. Das Meer hatte ein unglaublich sattes Blau, nachdem sie gesprungen war. Ich stand am Rand der Steilküste, sechzig Meter über der Brandung. Eine Eidechse huschte zwischen meinen staubigen Schuhen hindurch. Meine Knie wollten nachgeben, doch ich straffte die Schultern, streckte die Beine durch, stand dort oben wie der Mast eines leckgeschlagenen Segelschiffes.

Sie war gesprungen. Sie war tatsächlich gesprungen. Sie hatte zu mir gesagt: »Wäre das nicht ein schöner Tod?«. Wie ungeheuerlich. Ich hatte geschwiegen. Nach einer Ewigkeit von wenigen Sekunden war sie gesprungen. Ich stand an jenem wolkenlosen Tag am höchsten Punkt der Steilküste. Sie war fort, verschwunden ohne einen Laut.

Das Meer war von einem so unwahrscheinlich satten Blau. Mein Blick zitterte hinunter zu ihrem zerschmetterten Körper, den die Brandungswellen hin und her schleuderten. Ich schob eine Strähne aus der Stirn und starrte in die vom Gischtnebel geschwängerte Luft.

»Ich werde meine leichten Schuhe anziehen«, hatte sie nach dem Essen gesagt. »Wir werden wohl nicht allzu lange unterwegs sein?«

»Du kannst auch im Hotel bleiben. Willst du dich nicht hinlegen?«

»Auf keinen Fall. Ich komme mit.« Wir wanderten vom Hotel aus die Straße entlang hinunter zum Strand. Ein enger, gewundener Pfad führte vom Steinstrand aus hinauf zur Steilküste. Wir liefen langsam, stetig, schweigend.

»Wir sollten wieder mal nach Portugal reisen«, hatte Charlotte eine Woche zuvor beim Frühstück gesagt. Ich schwieg und hörte, während ich meine Zeitung las, mit einem Ohr zu, wie sie am Telefon die Reise organisierte. Ich mag Portugal nicht. »Wir fliegen am 20.«, verkündete sie wenig später, »wir haben dasselbe Zimmer wie damals.«

Ich schenkte mir noch eine Tasse Kaffee ein und las im Feuilleton. Irgendwann nickte ich.

Ich stand oben auf dem schmalen Küstenweg und starrte hinunter auf das Meer, dessen Blau mir so unendlich gleichgültig vorkam. Und zwei Minuten zuvor war meine Frau, die ich zweiunddreißig Jahre zuvor kennengelernt hatte, in den Tod gesprungen.

»Du hättest mir etwas sagen sollen. Herrgott, warum hast du mir nichts gesagt?« Sie stand mit dem Brief unseres Sohnes in der geballten Faust, an einem eisigen Wintermorgen vor meinem Bett. »Wir werden ihn nie wiedersehen«, fauchte sie. »Nie wieder, hörst du?« Ich drehte mich zur Wand, hörte sie keuchen. Irgendwann schloss sie die Tür.

Der Wind dieses fürchterlichen Sommernachmittages an der Algarve strich über mein Gesicht. Sie war sechzig Meter in die Tiefe gesprungen. Vor meinen Augen. Wie lange mochte sie in der Luft gewesen sein? Was war ihr durch den Kopf gegangen, als sie das Bodenlose fühlte?

Sie hatte schon einmal den Boden unter den Füßen verloren, damals, als uns das Telegramm in Portugal erreichte.

Ein paar wenige Worte, die Unbeschreibliches zu erklären versuchten. ›... tragischer Unfall ... unzugängliches Gelände ... Ihr Sohn kann nicht geborgen werden ...‹

»Du hast ihn nicht davon abgehalten«. Ihr Fauchen ging mir durch Mark und Bein. »Du hast es mir verschwiegen. Ich hätte es verhindert, um jeden Preis. Du ...« Mitten im Satz war sie zusammengebrochen in jenem Hotelzimmer in Portugal.

Meine Knie wurden schwach. Der Wind rauschte in meinen Ohren. Das Brausen der Brandung. Ich drehte mich um. War sie zurückgeblieben? Der Weg war steil. Ich war weit vorausgegangen. Sie würde sicher jeden Augenblick hinter den Pinien auftauchen. Meine Gedanken verwirrten sich, drehten sich um einen Punkt, der nicht stillstehen wollte. Sie konnte nicht hinter den Pinien hervorkommen. Sie war verschwunden, für immer. Der Wind trieb Tränen aus meinen Augen. Meine Kehle fühlte sich trocken an.

»Das ist nicht passiert«, dachte ich. »Das Meer ist blau und der Wind weht und ich stehe hier oben, das mag die Realität sein, aber — das andere, das ist nicht passiert. Das ist eine Illusion. Unvorstellbar. Wie kann sich jemand so etwas vorstellen, einen läppischen Satz zu sagen und dann zu springen — wie über eine Pfütze?«

»Hast du nicht behauptet, der Posten wäre dir sicher? Hast du das nicht steif und fest behauptet?«

»Wir brauchen Geduld.«

»Geduld? Ich pfeife auf deine Geduld. Fang ja nicht an, Geduld zu haben! So wirst du nie etwas erreichen! Nie im Leben!«

Solche Angriffe deckte ich mit meinem Schweigen zu. Darin war ich Meister. Ich schwieg, weil ich mein Leben für belanglos hielt. Was mir widerfuhr, geschah aus purem Zufall und war somit bedeutungslos. In diese Einstellung hatte ich mich gezwängt wie in einen zu kleinen Neopren-Anzug. Es zwickte in den Hüften und kniff unter den Achseln, es nahm mir die

Luft und den Willen zum Widerspruch. Warum widersprechen, wo Schweigen so viel stärker war. Ich passte mich dem Neoprenanzug an, bis ich mich darin räkeln konnte.

Meine Knie gaben nach. Mir wurde schwindlig. Ich presste eine Hand auf die Augen, ließ mich auf den Küstenpfad sinken. Die Brandung drang nur noch gedämpft an meine Ohren. Ich lehnte mich zurück, stützte mich mit beiden Händen in dem stachligen Küstengras ab. Ich starrte in den sommerblauen Himmel. Der Druck in meiner Kehle wurde immer stärker, drohte mich zu ersticken. Kalter Schweiß brach aus meinen Poren. Ich begann zu schreien.

In ihren Ohren brauste der Wind. Sie stürzte durch die Luft kopfüber dem Blau des Atlantiks entgegen. Sie fühlte ihren eigenen Schrei mit dem ganzen Körper. Ihr Mund war weit aufgerissen. Der Wind nahm ihr jeden Atem. Das tiefe Blau raste in Zeitlupe auf sie zu. Die Arme weit ausgebreitet, das bleiche Sommerkleid flatternd im Nachmittagslicht, sah sie von Ferne aus wie ein taumelnder Schmetterling. Sie fühlte sich federleicht. Der Sturz währte eine Ewigkeit.

Ich schrie aus voller Kehle. Meine Finger kratzten in der trockenen Erde. Ich schrie wie von Sinnen. Es war, als gehorchte ich einem Befehl zu schreien. Ich fiel hart auf den Rücken. Steinbrocken bohrten sich in meine Schultern und Rippen. Ich presste die Augen zusammen, war unfähig, mich zu bewegen. So fanden sie mich wenig später. Eine Frauenstimme brachte mich wieder zur Besinnung. Sie sprach portugiesisch. Ich wälzte mich auf die Seite. Die Frau trug ein schwarzes Kleid und redete mit einem Mann in Uniform. Sie krallte ihre Hand in seinen Unterarm. Er machte sich von ihr los und beugte sich zu mir herab. Er legte eine Hand auf meine Schulter.

»Mein Herr. Sind Sie verletzt? Wo ist Frau? Was ist passiert?« Er rüttelte an meiner Schulter. »Was ist passiert?«, wiederholte er.

Die Frau deutete auf mich und sagte etwas. Es klang als, ob sie ein Urteil verkündete: schuldig im Sinne der Anklage. Aber wessen sollte man mich anklagen?

Meine Frau war gerade in den Tod gesprungen. Ich stand unter Schock.

Der Polizist griff mir unter die Arme und half mir hoch. Die Frau starrte mich aus blitzenden Augen an, hob die Arme zum Himmel und rief mehrmals ein Wort. Der Polizist brachte sein Gesicht nahe an meins. Ich roch seinen Knoblauchatem, roch das Nikotin, das seiner Haut entströmte. Er presste seine Finger um meine Oberarme und schüttelte mich.

»Wo ist Frau? Was ist passiert? Reden Sie. Reden Sie!« Meine Kehle brannte wie Feuer. Aus meinem Mund kam nur ein unverständliches Krächzen. Ich deutete aufs Meer hinaus. Die Frau in Schwarz lachte verächtlich. Der Polizist wandte den Kopf zum Meer.

»Sie ist gesprungen«, flüsterte ich.

»Gesprungen? Gefallen? Gestürzt?«, fragte er. Seine Nähe war unerträglich.

»Sie ist gesprungen«, wiederholte ich mühsam. Die Frau schüttelte den Kopf.

»Nix gesprungen!«, rief sie empört. »Gestoßen! Gestoßen ins Meer!«

Sie machte mit beiden Händen eine Bewegung, als wollte sie mich zu Boden werfen. Der Polizist ging dazwischen und funkelte sie an.

Dann hielt er mir seinen gelblichen Zeigefinger unter die Nase.

»Sie bleiben stehen hier!«. Er ging bis an den Rand des Abgrunds. Er suchte die Brandung und die Felsen ab. Die Frau stand dicht neben mir, bereit, sofort Alarm zu schlagen, sollte ich die geringste Bewegung wagen. Er kehrte zu uns zurück.

»Ich werde Hilfe holen. Wir werden finden Ihre Frau.« Es klang wie eine Drohung. Die Frau in Schwarz redete auf ihn ein. Ihren Wortschwall ignorierend zückte er seinen Notizblock.

»Ihr Ausweis?«, fragte er mich. Den hatte ich im Zimmer gelassen. »Ihr Name? Welches Hotel?« Ich nahm ihm Stift und Block aus der Hand und notierte unsere Namen, unser Hotel. Er nahm sein Mobiltelefon und überprüfte meine Angaben.

Nach einem zweiten Telefonat warf er mir einen scharfen Blick zu.

»Meine Männer werden suchen Ihre Frau. Wo ist passiert?«

Ich deutete auf den flachen Felsen. Die Frau beobachtete mich mit Argusaugen. Der Polizist sah sie fragend an. Sie nickte kurz.

»Niemand darf Platz betreten«, sagte er. »Wir werden den Weg sperren. Wir müssen klären, was ist passiert. Sie sagen Ihre Frau ist gesprungen, aber die Senhora hier hat Sie gesehen. Sie sagt, Sie haben Ihre Frau gestoßen.«

Ich riss die Augen auf, hob beide Hände und schüttelte den Kopf.

»Sie lügt!«, zischte ich, »das ist falsch, ganz falsch! Sie kann das nicht gesehen haben. Herrgott nochmal, meine Frau ist tot! Sie ist gesprungen! Aus heiterem Himmel!« Er spürte meine Erregung und legte den Kopf schief.

»Einfach so? Sie hat nichts gesagt vorher?«

»Nein, nichts, absolut nichts.«

»Hatten Sie ein Problem?«

»Nein, nein, nein, alles war gut«, krächzte ich.

»Aber warum sie ist gesprungen?« Ihr letzter absurder Satz klang in meinen Ohren nach.

»Das wäre ein schöner Tod.« Die Worte kamen von irgendwoher über meine Lippen.

»Não entendo. Wie bitte?«

»Das hat sie gesagt: Wäre das nicht ein schöner Tod?«, wiederholte ich.

Er starrte mich an.

»Ich verstehe nicht.« Ich zuckte nur mit den Schultern.

»Was geschieht jetzt?«, wollte ich wissen.

»Sie kommen mit in mein Büro. Wir finden heraus, was ist passiert.«

»Ich sagte Ihnen doch gerade, was …« Er winkte ungeduldig mit seiner Hand.

»Senhor, es gibt zwei Aussagen. Aber nur eine kann sein die Wahrheit.«

Ich war fassungslos. Warum log die Frau? Was wollte sie denn gesehen haben? Was bezweckte sie damit? Ich bemerkte ihren Blick.

Kurzentschlossen ging ich auf sie zu. Sie hatte die Arme verschränkt und ihr Kinn hoch erhoben. Ich spürte ihre Feindseligkeit wie einen üblen Atem. Ihr giftiger Blick machte mich sprachlos. Ich stand vor ihr und suchte nach Worten.

Unbegreifliches war geschehen und geschah noch immer. Der Todessprung meiner Frau. Die Behauptungen dieser Senhora. Was in aller Welt ging hier vor?

Ich ließ sie nicht aus den Augen. Mein Blick wurde ihr unangenehm. Sie wandte den Kopf ab und spuckte aus. Dann sagte sie langsam ein paar Worte zu dem Polizisten, der bedächtig nickte.

Die Situation, so absurd sie war, wurde immer bedrohlicher für mich. Das wurde mir endgültig klar, als er ihre Worte übersetzte.

»Sie sagt, Sie sind der Mörder. Sie schwört, dass sie den Mord gesehen hat.« Ich schloss die Augen, atmete tief durch und verfluchte meine Stimme, die mir nicht gehorchte. Kann man sich flüsternd gegen einen Mordvorwurf wehren? Fieberhaft überlegte ich. Ihr Vorwurf und der Verdacht waren ebenso haarsträubend wie unerklärlich. Je vehementer ich dagegen aufbegehrte, desto verdächtiger machte ich mich. Ich fühlte mich so schwach.

»Meine Frau ist tot. Sie ist neben mir freiwillig in den Tod gesprungen. Ich weiß nicht, warum sie das getan hat. Ich weiß nur, dass diese Senhora lügt. Tun Sie, was getan werden muss.« Ich streckte ihm meine Arme entgegen. »Wollen Sie mir Handschellen anlegen?«

»No Senhor, das wird nicht nötig sein.« Die Senhora nickte grimmig, sie hatte meine Geste als Geständnis gedeutet. Wir warteten schweigend. Schließlich kam die angeforderte Verstärkung. Der Polizist traf seine Anweisungen kurz und knapp.

Wir stiegen den Küstenpfad hinunter. Die Frau blieb mir dicht auf den Fersen. Ich hörte ihre Schritte und ihren keuchenden Atem.

Auf dem Parkplatz wartete ein Streifenwagen. Eine halbe Stunde später hatten wir die Dienststelle in

Sagres erreicht. Der Polizist wies mich in einen fensterlosen Nebenraum mit ein paar Stühlen an den Wänden. Ich ließ mich in einer Ecke nieder und spürte eine große Müdigkeit. Je länger ich über die Ereignisse nachdachte, umso unwirklicher erschienen sie mir.

Einen Moment lang stellte ich mir vor, dass meine Frau ungeduldig im Hotel auf meine Rückkehr wartete. Der Gedanke packte mich so intensiv, dass ich aufsprang und nach einem Telefon verlangen wollte, um sie anzurufen. Ich stand schon an der Tür, als die Illusion in einem grauen Wölkchen verpuffte. Im Hotel wartete sicher niemand auf mich.

Gedämpft drangen die Worte des Polizisten zu mir herein. Er telefonierte. Mein Name fiel. Vom Rest verstand ich kein Wort. Er schien zu streiten. Mein Fall bereitete ihm Ungelegenheiten.

Ein beschauliches Küstendorf. Ein herrlicher Sommertag. Ein Unfall? Ein Selbstmord? Ein Mord? Er würde heute sehr spät nach Hause kommen. Er hatte Grund, laut zu werden. Was ging ihn dieser Deutsche an, samt seiner verrückten Frau, die einfach so von der Steilküste sprang.

Der Polizist knallte den Hörer auf die Gabel. Sekunden später riss er die Tür auf.

»Man hat gefunden Ihre Frau.« Ich stand direkt vor ihm, roch seinen Atem und verstand seinen Ärger nicht. »Meine Männer sagen, dass es nicht möglich ist, sie aus dem Wasser zu holen. Die Brandung ist zu stark. Wir müssen warten, bis der Wind nachlässt.«

»Wann?«, war alles, was ich hervorbrachte.

»Morgen«, war die Antwort.

»Dann gehe ich jetzt in mein Hotel zurück«, sagte ich leise, aber bestimmt.

»Das wird nicht gehen, leider, Senhor. Sie bleiben heute Nacht hier.« Ich starrte ihn an. Mir fehlte die Kraft ihm zu widersprechen.

»Und die Senhora?«, fragte ich.

»Sie ist Zeugin. Ich habe sie lange befragt. Sie hat alles genau beschrieben, was sie gesehen hat. Sie wohnt schon lange an dieser Küste.«

»Und das reicht aus?« Er machte einen Schritt zurück und breitete die Arme aus.

»Senhor, ich frage Sie: Warum sollte sie nicht sagen die Wahrheit? Warum sollte sie erfinden das alles?« Ich ließ den Kopf hängen und blickte auf den schmutzigen Boden.

»Ja«, murmelte ich, »warum sollte sie all das erfinden? Das ist die Frage aller Fragen.«

»Kommen Sie«, sagte der Polizist, »ich zeige Ihnen wo Sie werden schlafen.« Ich ließ mich wenig später auf der schmalen Pritsche nieder und starrte auf den schwarzen Fußboden.

Diese Senhora in Schwarz. Wieso war sie mir nicht aufgefallen? Der Küstenpfad war menschenleer gewesen. Da war ich ganz sicher. Sie musste uns aufgelauert haben. Sie war so absolut überzeugt von dem, was sie beobachtet haben wollte. Sie war eine Wichtigtuerin.

Ich lehnte meine Stirn an die kühlen Gitterstäbe. Mein Kopf schmerzte mehr als je zuvor. Ich schloss die Augen. Wo hatte ich sie das erste Mal gesehen? Ich schlug meinen Kopf sacht an die Gitterstäbe. Meine Hände spürten die leichte Vibration, das Zittern.

»Du verstehst einfach nicht. Du willst nicht verstehen.« Gestern Abend war es zu der unausweichlichen Auseinandersetzung gekommen. Wie ein Rudel dunkler Wolken hatten ihre Forderungen, ihre Vorwürfe den Horizont verlassen und sich über meinem Kopf zusammengebraut. Diese Reise nach Portugal war das Finale, von ihr eingeleitet und inszeniert. Ich hätte nie einwilligen dürfen.

Ich sah Charlottes zitternde Hände vor mir, flach nebeneinander auf dem strahlendweißen Tischtuch. Sie hatte leise Ungeheuerliches gesagt. Hundert Peitschenhiebe für mich und ich hatte nichts erwidert. Ich nahm sie hin und addierte sie zu den anderen. Ihre zitternden Finger verstörten mich mehr, als ihre Worte. Danach legte sich ein Schweigen auf unseren Tisch. Am Nachbartisch saß eine Frau. Ihre Augen funkelten, als sie ihr Kinn hob. Die Erinnerung traf mich wie ein Blitz. Sie musste alles mitbekommen haben. Charlottes Tonfall, ihre Mimik, ihre Blicke hatten Bände gesprochen. Unübersehbar ihre Enttäuschung und Verbitterung, unüberhörbar ihr Hass.

Diese Frau am Nebentisch hatte alles aufgesogen. Es war die Senhora, die uns heute Nachmittag beobachtet hatte. Sie war uns gefolgt in der Erwartung, dass etwas passieren würde.

Ich drehte mich um und lehnte mich mit dem Rücken an die Zellentür. Die Gitterstäbe drückten schmerzhaft auf meine Schulterblätter. Ich versuchte, mich zu erinnern, was geschehen war.

Ihre Worte hinterließen eine glühende Lavaspur in meinem Denken. Am Fenster stehend hatte ich sie die ganze Nacht beobachtet. Den Vormittag verbrachten wir schweigend im Hotel. Ich ging ihr aus dem Weg. Nach dem Essen sagte ich ihr, dass ich zur Steilküste wollte und sie war mitgegangen. Sie war einfach mitgegangen. Für mich unbegreiflich, nach allem, was zwischen uns stand. Sie verhielt sich, als sei nichts vorgefallen. Ich beobachtete jeden ihrer Schritte. Sie wirkte gelassen, fast erleichtert. Sie war alles losgeworden. Ich war sicher, dass nichts passieren würde.

Wir hatten den steinigen Strand bald erreicht. Mir war niemand aufgefallen. Sie kannte den Weg und wandte sich nach links, um den schmalen Pfad hinauf zur Steilküste zu erklimmen. Sie stieg ruhig nach oben und drehte sich kein einziges Mal nach mir um. Ich hielt Schritt mit ihr. Wir schwiegen und wanderten den steilen und staubigen Weg entlang, der zwischen struppigem Gebüsch und Felsen entlangführte.

Ich stand mit dem Rücken an die Zellentür gelehnt, hatte die Augen geschlossen, konnte noch immer den Duft der Pinien riechen. Hatte die Brandung noch in den Ohren, eine dumpfe Drohung. Ich sah die Szene vor mir.

Wir kommen an einer Möwe vorbei, die es sich auf einem warmen Felsen bequem gemacht hat. Der Vogel beachtet Charlotte nicht. Als ich ihn passiere, dreht er den Kopf zu mir. Ein Möwenauge fixiert mich. Ich fühle mich unbehaglich, aber ich bin sicher, dass nichts passieren wird.

Charlotte entschwindet mir aus den Augen. Sie erreicht den oberen Küstenpfad. Zwischen groben Felsen, verkrüppelten Pinien und flachem Heidekraut verläuft er etwa zwei Kilometer in westlicher Richtung, hoch über dem Atlantik. Ich war ihn schon ein paar Mal gegangen, immer allein. Charlotte scheute die Höhe.

Ich eile ihr nach. Sie steht reglos und hält sich mit der Hand an einem harzigen Pinienstamm fest. Ich nähere mich ihr. Der Wind wird stärker und die Brandung tobt in meinen Ohren. Sie schaut aufs Meer. Bevor ich sie erreiche, geht sie weiter. Wir sind allein hier oben. Ich bin sicher, dass uns niemand beobachten kann. Ich bin sicher, dass nichts passieren wird.

Wir laufen den Küstenpfad entlang, sie immer ein paar Meter voraus.

Es geht leicht bergauf. Diese Stelle des Weges ist besonders steinig. Sie stolpert. Mit ein paar Schritten bin ich bei ihr. Ich helfe ihr auf. Ich lege eine Hand auf ihre Schulter. Beide Hände. Es wird nichts passieren.

Ich stand immer noch mit dem Rücken an die Zellentür gelehnt und begann, am ganzen Körper zu zittern. Meine Knie gaben nach. Ich rutschte langsam auf den Boden.

Meine Hände liegen auf ihren Schultern.

»Wäre das nicht ein schöner Tod?«, denke ich. »Wäre das nicht ein schöner Tod?« Meine Hände auf ihren Schultern. Es ist niemand da, außer uns. Es wird nichts passieren, aber …

Ich schaue ihr nach, ihrem flatternden, bleichen Schmetterlingskleid, schaue ihr nach, wie sie in die Tiefe stürzt, ohne einen Laut von sich zu geben. Schaue ihr nach mit erhobenen Händen.

Wäre das nicht ein schöner Tod?

Wer hatte das gedacht?

Wer hatte das geflüstert?

Was hatte die Senhora in Schwarz gesehen?

Diese Fragen! Ich krümmte mich auf dem Boden der Zelle. Mein Herz schlug bis zum Hals. Ich wusste die Antwort nicht.

Ich wusste die Antwort nicht.

Danke

Mein größter Dank gilt meiner Frau deren Geduldsfaden vom Nordpol bis zum Südpol reicht.

Carla Brobst hat sich mit großen Augen meine Schnapsideen für das Cover angehört, und diese höchst kreativ und professionell umgesetzt. Was täte ich ohne dich.

Und schließlich ist da noch das Teufelchen hinter meinem linken Ohr, ohne dessen Einflüsterungen es diese Storys nicht gäbe. Leisen Dank.

Inhalt

Verfolgt, verdächtigt, verwegen

Capri, Florenz, Paris — davon kann Ludwig Vonwegen mangels Knete nur träumen. Doch dann wird er zufällig Housesitter. Was als Glücksfall beginnt, entwickelt sich zur schrägen Odyssee durch halb Europa. Mit Renee, einer jungen Amerikanerin auf Europatour und Paul, einem studierten Taschendieb, entsteht ein verwegenes Trio »überwegs«.

396 Seiten
Als E-Book und als Taschenbuch erhältlich

Aufsehenerregender Augsburg-Krimi

Ein Ermordeter im Merkurbrunnen, ein Erhängter im Wittelsbacher Park — sind schwarze Mitbürger die Opfer von Rassisten? Es braut sich was zusammen. Ein makabres Video geht viral. Anschläge erschüttern das Vertrauen in die Polizei. Die Medien spielen verrückt. Der Kommissar und seine Assistentin bewegen sich auf dünnem Eis. Bei der Tätersuche begegnen sie giftigen Nachbarn, geldgierigen Juristen und gerissenen Journalisten — eine explosive Mischung. Die Lage spitzt sich zu, als der ehrgeizige Polizeichef sich einmischt.

vom preisgekrönten Friedberger Autor Achim Kaul

502 Seiten
Als E-Book und als Taschenbuch erhältlich

Zweifel und Zick - jetzt in Augsburg

Tausende Demonstranten strömen aufgewühlt durch Augsburgs Fußgängerzone. Aus dem Hinterhalt schießt jemand scheinbar wahllos in die Menschenmenge. Ein Mann stirbt im Kugelhagel. Erlebt Augsburg einen Terroranschlag? Tobt ein Amokschütze seine Wut aus? Handelt es sich um einen gezielten Mord? Kommissar Zweifel hat es in seinem neuen Revier mit brandgefährlichen Gegnern zu tun, auch aus den eigenen Reihen.

Zudem erlebt Klaus-Peter Wolf, berühmter Autor der Ostfriesenkrimis, bei seinem Gastauftritt in diesem neuen Augsburg-Krimi sein „blaues" Wunder.

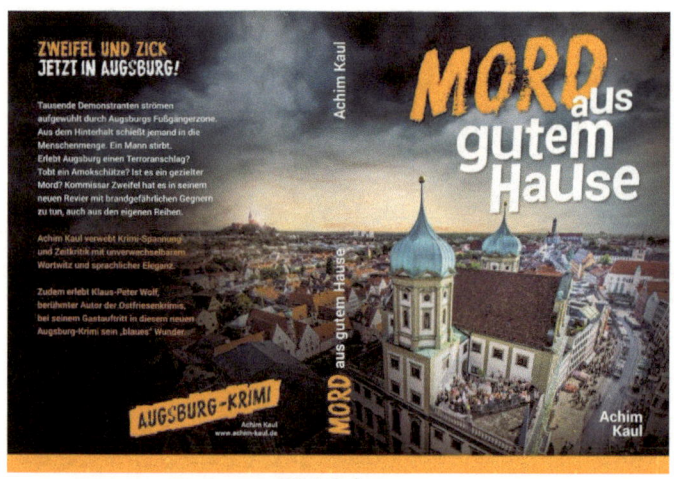

396 Seiten
Als E-Book und als Taschenbuch erhältlich

Die Therme in Bad Wörishofen. In den Saunalandschaften wird gepflegt geschwitzt. Gänsehaut-Schreie gellen durch die aufgeheizte Luft. Gasgranaten zünden. Die Fluchtwege sind plötzlich versperrt. Die Nackten packt die nackte Panik. Chaos! Zur selben Zeit bekommt Kommissar Zweifel einen anonymen Anruf: »In der Therme ein Toter — das ist doch was für Sie«. Der Fall verspricht besonders knifflig zu werden. Wer lügt? Wer heuchelt? Wer manipuliert wen? Und vor allem: Wer ist der Tote?

Funkensprühende Dialoge, Scharfsinn und Wortwitz zeichnen Zweifel und Zick, das kongeniale Ermittlerduo aus.

Dieser Allgäu-Krimi ist ihr zweiter Fall nach
»Mord aus heiterem Himmel«

540 Seiten
Als E-Book und als Taschenbuch erhältlich

Der erste Fall für Zweifel und Zick

Ein unglaublicher Tatort. Ein wahnwitziger Todesfall. Ein wortwitziges Ermittlerduo. Ein Allgäu-Krimi der besonderen Art. Zweifel und Zick knobeln an ihrem ersten Fall.
Der Himmel ist heiter über Bad Wörishofen. Doch der Sommer wird mörderisch. Ein Kunstprofessor beendet sein wichtigstes Manuskript. Kurz darauf stürzt er mitten über dem Kurpark aus großer Höhe in den Tod. Ein rätselhafter Selbstmord? Eine luftige Art des Mordens? Kommissar Zweifel und seine junge Kollegin Zick stehen vor einem Labyrinth aus Fragen.
Bei Ihren Ermittlungen beweisen sie Spirit, Cleverness, Schlagfertigkeit und Humor.

336 Seiten
Als E-Book und als Taschenbuch erhältlich